JN154759

あの日 勇者だった僕らは

山川沙登美

We were Heroes, on that day...

Satomi Yamakawa

あの日 勇者だった僕らは

目次

1章　風呂屋のピンボール［勇］

窓の外から、ギターのカッティングとドラムの音が聞こえてくる。

「キミはファンキーモンキーベイビー！」

一緒に聞こえる怒鳴り声から察するにキャロルの曲なのだろうが、演奏がしょっちゅう途切れたり、同じところを何度も繰り返したり、そもそもギターとドラムのタイミングが微妙にズレていたりするので、ちっともそれらしく聞こえてこない。

なんや、スッキリせえへんなぁ。

牧谷勇（まきやいさむ）は、制服のズボンのチャックを閉めながら思った。せっかく、スッキリと用を足しにトイレに来たのに。

それから手を洗って教室へ戻ろうと水道に手を伸ばしたところで、勇は、あっ、と手をとめた。

水道の、コックがない。

ひねって回すはずの部品がそこにはなく、ネジ状の棒が蛇口の上にちょんと伸びているだけだ。

あわてて、隣の蛇口を見る。

ない、その隣もない、ない、ない。

すべての蛇口から、コックだけが消えている。

やられたぁ。

勇は思った。勇が入学して間もないこの中学校では、よく備品が消えたり壊されたりする。このトイレの個室のドアだって穴が空いたのをベニヤ板で塞いであるし、教室の天井はみんながヤスリを投げて遊ぶから穴だらけだし、技術室なんかは窓ガラスが全部割られて雨ざらしだ。

しかし、それにしたって、蛇口のコックを持っていくヤツがいるとは。

持ってってどないすんねん！

心の中で文句を言っても、手を洗えない事実は変わらない。

仕方なく勇が手洗い場から離れようとした、その時だった。

「あれ、三年生の先輩がプールの更衣室にアンプとドラムセット持ち込んで練習してるらしいで。朝から晩まで、よおやるな」

そう言いながら、同じクラスの神田祐一郎（かんだゆういちろう）が隣にきて、手を洗い始める。

急に話しかけられた勇はちょっとポカンとして、それからやっと、彼が外から聞こえてくる演奏の話をしているのだと気がついた。気がついたけれど、でも、問題なのはそうではなくて、祐一郎が水をジャージャー流して手を洗っている、そのことのほうが、勇にとっては重大だった。

祐一郎はポケットからコックを取り出し、蛇口に取りつけて、水を出したのだ。

「あの、それ、蛇口のひねるやつ」

「ああ、これ」

勇が蛇口を指差して言うと、祐一郎はニヤリとした。

「この学校、すぐ備品がなくなるからな、きっと蛇口のコックもすぐなくなるわと思って、ちょろまかしといた」

「うわー、ズルイなぁ！」

思わずそう言って勇が笑うと、祐一郎もケタケタ笑う。

勇はコックを借りて手を洗い、祐一郎と連れ立って教室へ戻った。

もうチャイムが鳴っていたが、どうせ誰も時間なんて守らない学校なので、急ぐこともない。窓の外からは相変わらず、下手くそな演奏が聞こえていた。


屋上へ続く扉を開けた途端、生臭いような、鼻を刺激するような悪臭がかすかに匂ってきた。あーあ、と勇は思う。

今日は、風向きが悪いなぁ。

悪臭は、学校の近くのどぶ川から漂ってきている。湿気があって、川から学校へ向けて風が吹いている日は特にひどいが、今日はまさに、そういう風向きの日らしい。

それでも構わず、扉を開ける。尼崎では、こんなのはいつものことだ。悪臭より、一日中、学校の建物にこもっているほうが、勇にとっては気が滅入る。

他にもちらほらと生徒のいる屋上で、勇と祐一郎は不良グループからできるだけ離れたあたりを陣取って、弁当を食べ始めた。

「小さい頃、親父がな」

おにぎりを頬張る合間に、祐一郎が言う。

「いっしょにゴジラ見てたら、ヘドロの怪獣が出てきて、これそのうち淀川から出てくるでって言うから、俺、怖くて仕方がなかったなぁ」

淀川も、学校の近くを流れるその支流も、何しろひどい川だ。生活排水やら、近くのゴム工場からの排水やらで真っ黒に澱んだ水面では、謎のガスがぶくぶくと泡を立てている。人形だの、段ボール箱だの、犬や猫の死骸だの、ゴミがひっきりなしに流れてくる。

ヘドロから怪獣が生まれるなら、間違いなくあそこから生まれるだろうと、いくらか慣れてきた鼻で悪臭を嗅ぎながら、勇も思った。

「でも、怪獣が出てきたら最高やんか」

「怪獣なんか出てきたら、死ぬで」

祐一郎は、呆れ顔で勇を見ている。

まあ、そりゃ、祐一郎の言うとおりか。

そう思いながら、勇はミートボールを飲み込む。

「うーん、小さい頃は、怪獣は口から火ィ吐けるからいいなぁぐらいしか、考えてなかったな」

小学校の頃の自分を思い返して、勇は言った。

「火ィ、吐きたいか？」

「吐きたい。別に火でのうてもええ。なんか、武器になるようなやつ」

「ウルトラマンのスペシウム光線とか」

こいつ、なかなかわかってる。

勇はうなずいた。もちろん、手からスペシウム光線が出るのが一番かっこいい。小学校当時の勇だったら、ここで祐一郎と固い握手を交わしたかもしれない。

「……でも、考えようやな。宇宙怪獣ガメラみたいに、どっかの星に行ったら、人間もやばい怪獣やと思われるかもしれん」

「意味わかれへんわ」

祐一郎の言うことは時々、勇のよくわからないところへすっ飛んでいくことがある。

「人間が体から出すものが、どっかの宇宙人にとってはむっちゃヤバいかもしれんやん。ツバとか」

「そんなもん！　ツバは怖ないやろ」

「でも、その宇宙人が塩とか砂糖みたいな体しとったら？」

祐一郎の言わんとすることがわかって、勇は目を見開いた。

「人間にとってはただのツバでも、宇宙人には殺人溶解液になるんか！」

「そう、そう」

「祐一郎、おまえ、頭ええな！」

勇が手放しに褒めると、祐一郎は居心地が悪そうにした。

「いや、別に、ちょっと思っただけや」

「いや、すごい。そんなこと、考えたことなかったなぁ。よくそんなこと思いつくな」

すごい、すごいと勇が連呼していると、照れ臭そうにしていた祐一郎が、ちょっと笑う。

「俺は、勇のほうがすごいと思うわ。なんで、火ィ吐きたいなんて思うんやろ」

「絶対楽しいで」

さすがに、本気で怪獣を羨ましいと思っていたのは小学校の中学年ぐらいまでだが、いまだって、吐けるものなら吐いてみたい。

そう言うと、祐一郎はけたけた笑った。

「ほら、やっぱり、勇って変な奴や」

祐一郎のほうが、絶対、よっぽど、変な奴や。

そう思いながら、勇は最後のミートボールを口の中へ放り込んだ。


ぶおおおおん、ぐおおおおん、と脳みそを揺らすような爆音が収まるのを待って、勇はおばあちゃんに聞き返した。

「いま、なんて言うた?」

近くの競艇場で、モーターボートが一斉にスタートを切るたび、町一帯が轟音に包まれる。だから、おばあちゃんとのこんなやりとりも、勇は慣れたものだ。

「だからな、祐一郎くんちなぁ、お父さんがえらい大きい会社に勤めとるらしいよ」

「へぇ、そうなん?」

一緒にちゃぶ台でお茶をすすっていた勇は返事をしたけれど、大きい会社と言われてもいまいちピンとこない。勇のお父さんとお母さんは学校の先生だし、おばあちゃんは商店街で靴屋さんをやっている。

「大阪に本社のある商社なんやて」

「ふぅん」

商店街のお客さんとあれこれ世間話をするおばあちゃんは、情報通だ。祐一郎の家の話に続いて、八百屋の奥さんの腰痛の話、金物屋さんの夫婦喧嘩の話などなど、あまり勇に関係のない話まであれこれ教えてくれる。

正直、そろそろテレビが見たいなぁと勇が思い始めたところで、ジリリリリリン、と音がした。今度は、モーターボートではなくて、電話の音だ。

「ありゃあ、誰やろねぇ」

言って、おばあちゃんは立ち上がる。黒電話の受話器を取って、電話に出た。

「あら、祐一郎くん。はい、はい、ちょっと待ってね」

そのおばあちゃんの言葉で相手が祐一郎だとわかって、勇はおばあちゃんに呼ばれる前にもう腰を浮かしている。

「勇、祐一郎くん」

「うん」

祐一郎が電話をかけてくるのはめずらしい。お金もかかるし、大事な連絡をするのに話し中だと困るので、大人たちが子供の長電話にいい顔をしないからだ。ただし、祐一郎は電話の受け答えがしっかりしているとかで、おばあちゃんは祐一郎との電話には比較的寛容だった。

『もしもし、勇？　今日、もうお風呂行ってもうた？』

藪から棒に、祐一郎はそう聞いてきた。勇の家は古いので、風呂がない。だから、風呂は銭湯に行っている。

「まだ。なんで？」

『うちの風呂、風呂釜が故障してもうて。勇が銭湯行くなら、一緒に行きたいんやけど』

普段、あまり銭湯に通わない祐一郎は、一人で行きづらいのかもしれない。勇は二つ返事で引き受けた。

「うん、ええよ。じゃあ、駅前で待ち合わせな」

祐一郎と約束をして電話を切ると、勇はおばあちゃんに事情を話してすぐに支度に取りかかる。洗面器に石鹸と小さなシャンプーのボトル、タオルを放り込み、それから一冊のノートを持って、自転車で家を出た。一番家から近い銭湯なら歩きで行けるが、それだと祐一郎の家から少し遠い。

祐一郎は、勇に少し遅れて、駅前に現れた。

「いやぁ、まいったわ。なんや、うちの風呂、ものすごい熱湯しか出えへんようなってもうて。風呂沸かして入ろうとしたら、風呂場じゅう湯気もうもうしとってん」

自転車に乗ったまま、祐一郎は言う。

「大変やったなぁ」

まいったと言うわりに祐一郎がへらへらしているので、勇も気楽に笑う。

「それで、どこの銭湯いく？」

「あのなぁ、僕のおすすめがあんねん」

祐一郎に聞かれて、勇は自転車のカゴからノートを取り出した。

「うわ、すごっ」

勇が開いたノートをのぞき込んだ祐一郎は、一目で驚きの声をあげる。そのノートは、勇が近所の銭湯に一軒一軒通っては値段や感想を書き留めた、ご近所銭湯図鑑なのだ。

「僕、銭湯あちこち行って、情報収集しとんねん」

銭湯も、いろいろだ。テレビ、新聞、ジュースを置いているのはもう当たり前で、電気風呂やサウナのある銭湯や、マッサージチェアのある銭湯と、銭湯によってあれこれ、売りがある。中には、脱衣所で熱帯魚を売っていて、ピラニアにエサをやるところを見せてくれる銭湯なんていうのもあった。

「へぇ、すごいなぁ。銭湯マニアなん？」

「ううん」

勇は首を振る。

別に銭湯が特別に好きなわけではない。知らない場所へ行く、そのこと自体が勇は好きだ。銭湯でも、たとえば公園やお店やさんでも、知らなかった場所へ行って歩き回ってみて、へぇこんな場所があったんだという驚きに出会うと、わくわくする。

「それでな、今日は、ここの銭湯行こうと思うねん」

勇が開いたノートのページには、梅の湯、と書いてある。比較的新しくて大きい銭湯で、この駅からもさほど遠くない。そして、何よりも、勇にはこの銭湯をおすすめしたい理由があった。

「うん、勇のおすすめなら、そこ行こ」

祐一郎は特に理由を深く聞くこともなく、あっさりとうなずく。それは、勇のおすすめなら間違いあるまいという信頼の表れなのだろうが、勇はちょっと拍子抜けした。せっかくおすすめの理由を聞かせてやろうと思ったのに、つまらんヤツめ。

勇は少しそう思ったが、あまりぐだぐだしていると仕事帰りの大人で銭湯が混む時間に差しかかってしまう。二人は自転車で、前に勇、後ろに祐一郎と並んで目的地へとペダルを漕ぎ出した。

ほどなくして着いた梅の湯は、黒い瓦屋根の大きな銭湯だ。夕暮れの空に、煙突のてっぺんから白い煙が上っていく。

二人は自転車を停めて、男湯の暖簾をくぐった。番台で代金を払い、靴を脱いであがると、広々とした脱衣所だ。ニスでつるつるの木の床は明るい飴色、壁紙はシンプルな白で、開放感がある。壁際に置かれたベンチでは、風呂あがりの人たちがくつろいでいた。

実はそのベンチの横に、勇がこの銭湯に来たかった理由、おすすめの理由が置いてある。

「へぇ、立派なとこやなぁ」

でも、祐一郎はそれには特別興味をひかれなかったようで、さっさと奥に進んでしまう。

勇は、ベンチの隣のピンボール台に目をやった。

傾斜のついた、ガラス張りの長方形の盤面。大きな箱型の体と、それを支える四つの脚。電球の仕込まれた看板が、英語のタイトルをぴかぴかと光らせていた。客が少ない時間帯のせいか、遊んでいる人はおらず、盤上のたくさんのギミックは、静かにガラスの奥に並んでいる。

ピンボールもまた、銭湯の売りとして、脱衣所によく置かれる娯楽の一つだ。

しかもこいつは、アメリカから輸入された、まだ新しい機種なのだという。勇のお気に入りの一台だ。だから、勇は祐一郎をこの銭湯に連れてきた。

まあ、風呂あがりにゆっくりやればいいさ。

勇はそう思って、うずうずする手をぎゅっと握り、祐一郎のいる脱衣カゴのほうへ歩き出した。


風呂のお湯が熱々だったので、二人はそう長く湯船に浸かっていることができなかった。余裕の態度で長話をするおじいちゃんたちを尻目に、早々にあがることにする。

それぞれ、下着だけは身につけたものの、すぐに服を着る気にはなれなくて、勇も祐一郎もパンツ一丁で脱衣所をウロウロした。

「俺、ラムネ飲もう」

祐一郎はラムネを買うと、一気に半分ほども飲み干した。

さっき無人だったピンボール台で、少し年上の、高校生くらいの客が遊んでいる。プレイ中のピンボールの台はさっきの静けさはどこへやら、ボールがどこかにぶつかるたびにバーンとかシャキーンとか、ギュイーンなんて音をさせて、にぎやかだ。

勇がちらちらと見ていると、高校生はそれからほどなく、ピンボールから離れていった。

「なあ、あれやろうや」

ちょうどラムネを飲み終わった祐一郎に、勇は言った。

「えっ？　うーん、ピンボールかぁ……」

祐一郎の返事は、歯切れが悪い。勇は、あれっ、と思って祐一郎を見た。

「ピンボール、やったことない？」

「親が、ゲームっていうのは賢い人がつくってバカがやるもんやって言うて、ええ顔せえへんねん」

「ふぅん」

そんなことなら、温泉に入れる銭湯にでも連れて行ったほうが良かったかもしれない、と勇は思った。

「でも、見るだけならええよ」

祐一郎がそう言うので、二人はピンボール台の前まで移動した。勇が硬貨を投入すると、音楽が流れて、盤上の電飾がチカチカ光る。

「ほな、見とってや」

勇が言って、台側面の赤い持ち手をぐーっと引き、パッと離すと、バネに弾かれたボールが勢い良くレーンを飛び出していく。それに合わせてギューンと効果音が鳴る、この瞬間の爽快感が、勇は好きだ。

でも、いい気持ちでいられるのは一瞬で、盤面の上部までいったボールがレーンをはずれて転がり始めると、もう忙しい。

中央のギミックにぶつかったボールが弾かれて落ちてくるのは、右か左か。右だっ、と見るや、ボールが下に落ちてしまわないよう、ボタンを押してフリッパーを動かした。パタンと上に上がったフリッパーに弾かれて、ボールはまた、ポーンと盤面の上のほうへ飛んでいく。

勇のフリッパーさばきは巧みだった。フリッパーを動かすタイミングを微妙に変えて、ボールが飛んでいく方向をコントロールする。右のフリッパーで受け止めたボールを、ひょいと左に飛ばす。勢い良く転がってきたボールをピタッとフリッパーで受け止めて、そのまま静止させる。そうして盤面を所狭しと飛び回る銀色のボールは、ゴロゴロと重そうな音を立てているのに、とても軽快に見えた。

そしてボールは、あちこちへすっ飛んでいっては、丸い皿のようなものを叩く。ターゲットと呼ばれるそれを叩くと、シャキーンと効果音が鳴って得点が入るのだ。看板の下につけられた電光掲示板では、どんどん点数が増えていった。

「どや、僕、うまいやろ」

プレイの途中、フリッパーでボールをホールドして一息ついた勇は、祐一郎に言う。盤面からちょっと顔を上げて見ると、祐一郎は目をひんむいていた。

「勇、おまえこれ、ちゃんと狙ってあの皿みたいなやつに当ててるん？」

「うん」

「ピンボールって、こんな、なんか、あっちに飛ばそう、こっちに飛ばそうって、狙ったほうへボール飛ばせるもんなんやなぁ！」

祐一郎がひどく感心するので、勇は鼻高々だった。

「じゃあ、もっとすごいの見せたるわ」

勇は、またポーンとボールを弾いて、プレイを再開した。フリッパーを巧みに操り、反則にならない程度に台を揺らしたりして、着実に得点を重ねていく。

と、あるターゲットをボールが叩いた時に、それまでとは明らかに違う、にぎやかな効果音が溢れるように鳴り出した。盤上のランプが派手に明滅する。そして、どこからか、二個目のボールが飛び出してきた。

「これが、マルチボールや！」

脱衣所でくつろいでいた客の何人かが、華やかな音につられて勇たちのほうをちらりと振り返る。でも、勇は手元の操作で手一杯だ。

二つのボールは、全然反対の方向にすっ飛んでいったり、お互いにぶつかったりしながら、盤上を飛び回った。さっきまでとは比べものにならないくらい、シャキン、シャキンと、次々と得点が入る。あっちでもこっちでも、得点演出のランプがぴかぴかした。

マルチボールは、ボールが二つになって得点が入りやすくなる、ボーナスのようなものだ。でも、そのぶん操作の難しさもぐっと上がる。最初のうちは落ち着いて対処していた勇だが、ボールが予想外に大きく右にそれたのをきっかけにコントロールを失い、バタバタと立て続けにボールを落としてしまった。

「実は、ボール二つでプレイするのは、僕、まだそんな上手にでけへんねん」

ボタンから手を離し、勇がはにかんで濡れたままの頭をかくと、祐一郎はぶんぶんと首を振った。

「謙遜してどうすんねん！　おまえ、めっちゃすごいわ！」

彼は、ラムネの瓶を握りしめて興奮気味だ。どうやら祐一郎は、ピンボールをこんなに上手に遊ぶのを見たのは、初めてらしかった。

「もうあと二回遊べるから、やってみる？」

「うーん！」

祐一郎は盤面をにらんで唸った。顔に、やってみたいと書いてある。

「フリッパーのな、根元にボールがある時に弾くか、先っちょにある時に弾くかで、ボールの飛んでいく方向がかわるねん。それができるだけでも、けっこう、続くようになるで」

これはもう一押し、とみた勇は、そう言って祐一郎の興味を誘う。

だが、祐一郎はピンボール台をにらみつけるばかりだ。にらんで、にらんで、にらみ続けるうちに、何かをこらえるように眉間には皺が寄っていき、歯はぎりぎりと音を立て始め、口はへの字に歪んでいく。

「祐一郎？」

異様な様子に、勇は声をかけた。ピンボールを凝視していた顔が、だんだんうつむいていく。そして、彼はぐいっとラムネの瓶を押しつけて寄越した。思わず受け取って、勇は戸惑う。

「な、なんや」

聞くが、祐一郎はやっぱり何も言わないまま、だっ、と駆け出して脱衣カゴのほうへすっ飛んでいった。

「危ないやろがぁ！」

うつむいたまま走るから、危うく他の客と衝突しそうになっている。背中に立派な彫り物のある男が怒鳴ったが、彼はそれにすら目をくれなかった。

ピンボールはプレイの途中だし、ラムネの瓶も放り出せないしで、勇は右往左往するしかない。

「祐一郎！」

大声で呼んだが、祐一郎は乱雑に服を着て、こちらを一度も振り返らないまま、銭湯を飛び出していってしまった。

ぽかんとして、勇はその場に立ち尽くす。

いくらもしないうちに、暖簾をくぐってやってきたクラスメイトが、まぬけな様子の勇を見つけて、声をかけた。

「あれぇ、ネムキチ、なに突っ立っとるん」

授業中、居眠りばかりしているからネムキチという、不名誉なあだ名を呼ばれた勇は、首をかしげた。

「わかれへん」

そんなに、ピンボールに誘ったのがイヤやったんかなぁ。

呆気にとられて、腹を立てることも忘れた勇はそう考え、ピンボールの残りはクラスメイトに譲って銭湯を後にした。

翌日、学校で顔を合わせた祐一郎は、バツが悪そうにぼそぼそと言った。

「あのな、風呂釜、まだ壊れてるねん。今日も、一緒に銭湯行ってええか？」

「ええよ」

あんまり祐一郎が気まずそうにするので、勇は昨日のことは言わないことにする。代わりに、銭湯図鑑のノートを取り出した。

「今日は、幸の湯に行こうや。あそこはな、グッピーとか、なんとかっていう熱帯魚売ってて、ピラニアのエサやり見してもらえるねん！」

ノートをパラパラとやりながら勇は言うが、祐一郎は乗り気ではないようで、うーん、と小さく唸る。

「俺、昨日のとこがいいな」

「気に入ったん？」

目を丸くして聞く勇に、祐一郎はにこりともしないでうなずいた。

やっぱりピンボール、やりたくなったんか？

それならもちろん、昨日の梅の湯に行くほうがいいに決まっている。そう思って、勇もうなずいた。

その夜も梅の湯はなかなかに繁盛していて、湯船は芋を洗うようだった。湯はやっぱり熱々で、勇たちはまた早々に湯船を出る。

ただ、昨日と違うのは、風呂からあがった後、勇だけでなく祐一郎までそそくさとした素振りで、ピンボール台の前まで行ったことだった。

「祐一郎、やるか?」

勇が気を利かせて先を譲ってやったのに、祐一郎は首を横に振った。

「ううん。俺、見てる」

「えぇ?」

勇が聞き返すと、祐一郎は眉間にぐっと皺を寄せた。

「俺は親に禁止されてるから、見てるわ」

「そ、そうか」

祐一郎が、また駆け出していきそうな顔をしているので、勇は彼を誘うのはあきらめて、ピンボール台にコインを投入する。祐一郎は、勇がプレイする間中、目を皿のようにして盤面を見つめていた。ちょっと勇が居心地が悪い気がするくらい、一瞬も目を離さずにボールの行方を目で追っているのだ。

それから毎日、祐一郎は勇にくっついて梅の湯に通ってきた。一週間後、風呂釜が直ってしまって、とうとう銭湯通いも最後という日、勇は最後にもう一度、彼をピンボールに誘ってみた。

「ちょっとくらい、親にはバレへんやろ?」

「うん、でも、約束やから」

そう答える顔は、やりたくてたまらないというふうに見えるのに、祐一郎は頑なだ。

祐一郎って、変に真面目やなぁ。

勇は、やれやれと思いながら、ピンボール台に向き直った。

勇がいい気持ちでうつらうつらしていると、誰かが、ぐっと勇の腕を掴んだ。

「おい、ネムキチ、立ったまま寝るな」

はたと目を覚ますと、そこは学校の体育館だ。全校生徒がそこに整列させられている中で、勇の後ろに並んだクラスメイトが、勇の腕を揺すぶっている。

勇たちはこの春、二年生になった。クラスが変わっても、勇は相変わらずネムキチというあだ名で呼ばれている。

「あれ、僕、寝てた?」

「立ったまま、ふらふらしやがって。やっぱり、ねぼすけやなぁ」

「そやかて、つまらんねんもん」

勇たちが体育館に集められたのは、次期生徒会長を決めるための選挙演説のためだ。

候補者たちは、会長になったらあれをやります、これをやりますとしゃべっているが、内容は大して代わり映えするわけでもない。勇みたいに居眠りしている奴は見当たらないが、みんな、つまらなさそうにしていたり、友達とおしゃべりしていたりで、真面目に聞いている奴がほとんどいない。

勇がそう思っていると、最後の候補者が壇上に上がったところで、にわかに生徒たちが騒ぎ出した。

「ウオー!」

「藤井さーん！」

登壇したのは、不良たちのリーダー、三年生の藤井という男だ。勇でさえ、顔と名前を知っている。三年生だけでなく、一、二年生まで全学年の不良たちが、ピーピーと指笛は吹くわ、足は踏み鳴らすわで、さっきまでと打って変わって、体育館は喧騒に包まれていた。

「えー、わたくしが、当選したあかつきにはー」

彼はそう言って演説を始めたが、まともだったのはその冒頭の決まり文句だけだった。

「この中学校にキャバレーをつくりますー！」

藤井の宣言に、わぁっ、と不良たちが沸く。ライブコンサートで宙を舞う銀色のテープみたいに、客席からトイレットペーパーが次々と投げられた。

「ザ・フジイ！　ザ・フジイ！」

「えー、ホステスは女子生徒に……」

掛け声と、拍手とがだんだんと大きくなる中、藤井は演説を続けていたが、そこで壇上に駆け上がった体育教師たちに取り押さえられ、マイクの前から引きずっていかれる。それでも、不良たちの歓声は止むことがない。

ざわざわと騒がしい中で演説会は終わりを迎え、勇たちは列になって歩いて、体育館を後にした。

「なんや、大変な人が出てきたなぁ」

教室へ戻ると、勇は祐一郎に言う。今年も同じクラスになった祐一郎は、勇の前の席でニヤニヤと笑った。

「勇、投票したら」

「するか。当選したら、大変や」

祐一郎の軽口に勇が呆れると、祐一郎はごめん、ごめん、と謝る。

「祐一郎かて、あんなんが生徒会長になったら困るやろ」

勇の言葉に、そうやなぁ、と祐一郎は考える素振りを見せた。

「……これ、もし本当にそうなったら言おうと思っとったんやけど」

「うん？」

祐一郎がもったいぶった言い方をしたので、勇は次の授業の準備をしていた手を止める。

「俺、実は転校するかもしれへんねん。ザ・フジイが当選しても、キャバレーができるまでこっちにおらへんかもしれんわ」

「転校？」

急に、全然知らない言葉で話しかけられた人みたいに、勇は戸惑って、おうむ返しに聞いた。

「親父が、大阪に転勤になるんやて。おふくろが、俺たちもついていこって、言うんや」

転勤という言葉は知っていても、勇にはいまいちよくわからない。

「転勤って、ずっと大阪の会社に行くってことなん？」

「本社に栄転って言ってたから、そうやな。もう、尼崎には戻ってこんっちゅうことや」

「そんなん、大変やん」

勇のお父さんやお母さんも時々勤務先の学校が変わるけれど、引越しが必要になったことはない。会社の都合でそんなことまで左右されるなんて、勇は想像したことがなかった。

「うん、大変や」

「……お父さん、会社やめて、こっちの会社に入ったらええんちゃう？」

駄々をこねる子供みたいな言葉が、つい、勇の口から出た。

「そんな簡単に会社やめたりできるか。サラリーマンなんやから」

苦笑いすると、祐一郎は急に、大人びて見える。細い眉と、アーモンド型の目が、くしゃっと歪んだ。

「そういうもんか」

一度会社に入ったら、ずっとその会社に勤めなきゃいけないなんて、とても窮屈そうだ。小学校の六年だってあんなに長かったのに、めまいがしそうだなぁ、と勇は思った。

「まあ、まだ決まったわけちゃうねん。少なくとも、夏まではこっちにいるし」

「うん」

祐一郎が笑ったので、勇も、ぐっと口角を上げてみせる。

すぐに先生がやってきて、授業が始まった。

勇は慌てて教科書とノートを机の上に出したものの、いつも右から左の耳へ素通りしていく先生の声が、今日は頭上三十センチあたりを通過していくような有様で、ちっとも身が入らなかった。

秋も半ばを迎えて木々がすっかり黄色や赤に染まった頃、祐一郎から小包が届いた。開けてみると、中には水道のコックと手紙が入っている。

勇は、丁寧に畳まれた手紙を、急いで開いて目を通す。

『勇へ。元気ですか。俺は、大変な学校にきてしまいました。新しい学校では、窓も割れてないし、教室には全部扉があるし、水道のコックも全部ついています』

手紙はそんな書き出しで始まっていた。

お行儀のいい学校なんやなぁ。

勇は感心したが、祐一郎は新しい学校に不満があるらしい。手紙は、こう続いていた。

『おふくろは、進学校だし、今度はまともな学校でよかったって言うけど、とんでもない。退屈で、退屈で、ひどい学校です。俺、このままおふくろの言うこと聞いてばっかいたら、この先、大変なことになるわ』

憤慨のあまりか、手紙は丁寧語だったり、ところどころ丁寧語がすっ飛んでいたりする。

『だから、もう、親の言うことは聞かないことにします。俺が、自分にとって必要だと思ったら、親に反対されても、やる。手始めに、今度、銭湯に行ったらピンボールをやることにしました』

なんや、心配すればええんか、面白がればええんか、よくわからん手紙やな。

そう思いながら、勇は何度か手紙を読み返し、柄にもなく、折り癖に合わせて丁寧にたたみ直して机の引き出しにしまう。

「おばあちゃん、僕、今日はちょっと遠くの銭湯まで行ってくるわ」

店番をしているおばあちゃんに声をかけて、家を出た。本当は、特に行き先が決まっているわけではない。ただ無性に、レーンを飛んでいく銀色のボールみたいに、どこまでも走っていきたい気分だった。

2章　ゲーム会社に入りたい！［勇］

目指す魔王の城は、巨大なクレーターの中央に黒々とそびえ立っていた。かつて草原だったという大地は赤茶けた土くればかりの荒野と化し、あちこちに毒水の沼が点々と広がっている。

魔王は、恐ろしい魔物たちを従えて、隕石とともにこの星にやってきた。それを倒すため、勇者イサムは故郷からの長い旅を続けてきたのだ。

クレーターの中へ、一歩足を踏み出す。途端、魔物が襲いかかってきて、イサムは剣を構えた。

ダダダダダダッ、と小さな足音がしたのは、その時だ。続けて、ガタンと音がして、テレビ画面が真っ暗になる。

「あーっ！」

夜中だというのに、勇は思わず大声をあげた。

いま、まさにゲームが盛り上がっていたところで、飼い猫が猛ダッシュでやってきて床に置いてあったファミコンを蹴り飛ばしたからだ。

「ハヤテ～」

大声に驚いたらしい黒猫、ハヤテは、緑色の目を丸くして勇を見上げた。えっ、自分なにかしましたか、とでも言いたげな顔をされると、勇も文句を言いづらい。

「おまえ、お母ちゃんの部屋行っとき」

勇は猫を抱え上げると、リビングから追い出す。抱え上げた瞬間、猫はニャアと抗議の声をあげたが、廊下に下ろしてやるとすぐまた走り出し、階段を駆け上っていった。

扉を閉めて、勇は大きなため息をつく。

「最後にあいことば聞いたの、どこやったかなぁ」

何しろ夢中になって遊んでいたので、少なくともここ二時間はゲームを中断した記憶がない。

勇はファミコンの電源を入れ直すと、表紙にマジックでドラゴンズフレイムと書かれたノートを開いた。

ノートにメモしてあった、あいことばを入力してゲームを再開する。テレビ画面に勇者の姿が映し出された。だが、悲しいかな、彼が立っているのは、ラストダンジョンの二つも前の街である。

「うあ〜、ここからか〜」

思わずボヤいた。ちらり、と時計を見ると、時刻はもう午前二時を回っている。

うーん、明日、大学の就職セミナーに行かないけないんやけど……。

そう思いながら、勇は、リクルート会社から送られてきた、分厚い会社紹介の冊子の山のほうを努めて見ないようにした。

ちょっとだけ……せめて、次の街に行くところまでやり直してから……。

誘惑に負けて、コントローラーに手を伸ばす。

やっぱり、このイベントをクリアしてから……ちょっと武器屋で装備を整えてから……あれよあれよという間に、ちょっとだけ、はどんどん延びていき、気がつくと、勇者イサムは再び、魔王の城の前に立っていた。

激闘の末、勇者イサムは見事に魔王を討ち果たした。人の姿を捨て、竜の本性を現した魔王は、勇者の果敢な攻撃を前にとうとう断末魔の叫びをあげることになったのだ。

『グオオオォォォォ……まさかわたしが、おまえごときに……』

『おお、ゆうしゃよ！　わしはきっと、おまえがやりとげると、しんじていたぞ！』

魔王の悔しげなセリフに、故郷の王様の賞賛。もう朝日が昇る時間だったが、勇はそのすべてを興奮してノートに書き写した。

勇者は再び旅に出て、テレビ画面にはスタッフロールが流れ始める。物語の最後にスタッフロールが流れるなんて、まるで映画みたいだ。ため息をつき、そのまま口を開けて画面を見ている勇は、半ば放心している。

これを、仕事にしたい。

閃くように、そう思う。

勇は立ち上がると、ろくに開いたことのなかった、求人の冊子に手を伸ばした。

答案用紙に鉛筆を走らせると、古びた長机はそれだけで、ガタガタと揺れる。オフィスビルの一室で行われるペーパーテストには、勇の他にも五人ほどが参加していた。他の参加者の机もやっぱり揺れるのか、まわりから、ガタガタと小さな音が聞こえてくる。

絶対、ゲーム会社に就職する。

そう決めたものの、どうすればゲーム会社に入れるのか、勇にはさっぱりわからなかった。まず、どこに求人が載っているのかわからない。リクルート会社から送られきた分厚い冊子にも見当たらない。小さな会社が多そうだから、毎年、新卒を採用したりはしないのかもしれなかった。

そうすると、どこでもいいから就職して、ゲーム会社の求人が出るのを待たなければならない。そこで勇が、とにかく採用試験というものを受けてみようと応募したのがこの会社だった。

コンピューター関連の会社なら、プログラムも勉強できて、ゲーム会社に転職する時にもきっと有利や。

そう思って、ソフトウェア会社の入社試験にやってきたものの、ペーパーテストの内容はごく簡単で、勇は五分で解き終えてしまった。

何しろ、問題がひどい。

この会社には女の子が五人、男の子が十人います、男の子が四十%になるには……ときたものである。

小学生か。

そう思ってまわりをそっとうかがうのだが、他の受験者はまだ、問題を解いているようだ。前のほうでは、監督役の壮年の男と、若い女性社員がつまらなそうにしていた。

時計を見ると、時間はまだ五十分はある。勇は、ガタつく机につっぷして、居眠りを決め込むことにした。

ネムキチのあだ名は、伊達ではない。勇はいまでも、どこでもすぐに居眠りができた。

ちょっと軽く居眠りのつもりが、けっこうしっかり眠ってしまったらしい。

勇は、ポンポンと肩を叩かれて目を覚ました。見ると、監督役の女性社員が横に立っている。

「めっ」

怒られた。

怒られたが、彼女はいたずらっぽく笑っている。しかもこの女の子、近くで見るとすごくかわいい。

「すみません」

謝りながら、勇は思った。

この会社、入りたい。

果たして、ペーパーテストの一週間後、勇のもとには見事、一次選考合格の連絡が届き、面接に臨むことになった。

ペーパーテストの時よりも小さな部屋で、長机に二人の面接官が並び、対面して勇が椅子に座る。ごく一般的な面接スタイルだった。

「ああ、君か！」

勇が椅子に座るなり、偉そうなほうの面接官が手元の書類を見て言う。

「牧谷勇くん。君は我が社はじまって以来、初めて筆記試験で全問正解した優秀な学生だよ！」

あ、この会社、アカン。

上機嫌な面接官とは反対に、勇は思う。小学生レベルの問題で全問正解が初めてとは。女の子はかわいかったんだけどな……と女性社員の笑顔を思い出したが、将来のため、ゲーム会社に入るためである。

勇は後日、正式に連絡のあったその会社の内定を、つつしんで辞退した。


まじまじと誌面を見ている勇のところへ猫のハヤテがやってきて、あぐらをかいた膝にすり寄った。かまって、というそのサインを、勇は適当に頭をなでることでやり過ごそうとする。

「こら、あかんて」

今度は、床に広げてある冊子の上に乗ろうとしたハヤテを、慌ててどかす。仕方がないので、あぐらの上に抱え上げてのどをかいてやると、それはお気に召したらしく、ハヤテはぐるぐるとのどを鳴らした。

「うーん、プログラムが勉強できる会社っていうのは、いいアイデアやと思うねん」

勇は、ハヤテに聞かせるでもなく独り言を言う。史上最高得点での採用を蹴った勇は、次に受ける会社を探していた。

あ、ここ、東京に本社があるんや。

ハヤテののどをかくのとは反対の手でページをめくった勇は、そう思って冊子をのぞき込む。

東京のほうが、ゲーム会社も多いやろな。ドラフレつくってるプラグドワールドも東京やもんな。

ドラフレの説明書に書かれた会社名と住所を思い返して、そう思う。そして、ふと祐一郎のことを思い出した。祐一郎のお父さんは大阪の本社へ転勤することになって、尼崎を出ていった。あの頃は気にもしなかったが、転勤ということになると、たぶん、会社から引っ越し費用が出たり、住宅補助が出たりするのだ。

東京にいたら、会社の見学に行くんも、試験受けに行くんも、やり放題や！

勇はハヤテをつぶさないようにかがみ込みながら、ますます冊子に顔を近づけて、そのページをよくよく読んでみた。どうやら、コンピューターを売っている会社で、そのコンピューターを買う顧客のために、必要なソフトウェアを開発するプログラマーを募集しているらしい。東京本社への転勤あり。まさに、勇にとって一石二鳥の条件だ。

そや、東京に出られることが決まったら、まずプラグドワールドに手紙を書くんや。

勇の頭の中は、もうすっかり東京行きが決まったつもりで、それからの算段が始まっている。

会社見学させてください……は、いきなりずうずうしいかな。求人はありますかって問い合わせなら、返事くれるやろか？　いきなり手紙なんか送ってくる、頭のおかしなファンて思われたら、どないしよ？

あれこれ思いめぐらせるうちに、知らず知らず、ハヤテののどをかく手には力がこもっていく。とうとう、ハヤテがにゃんと鳴いて、迷惑そうに勇の足の上から離れていった。

「そや、まずはこのコンピューター会社に応募やな」

おかげで、はたと我に返って、勇は天井のあたりをさまよっていた視線を冊子に戻す。東京に出てから、ゲーム会社に就職できるまで、いったい何年かかるかわからない。それでも、やっと最初の一歩を踏み出す方向が見えた気がして、勇ははやる気持ちで冊子を眺めた。

車窓の景色は、のどかな畑の風景から、だんだんと都会らしい、ビルの立ち並ぶ風景に変わってきた。鈍行列車の長い旅もそろそろ終わろうとしている。

ボックス席で見知らぬおじさんと隣り合って座りながら、勇は手元の雑誌へと視線を戻す。

都内のおすすめのレストラン、お祭りや展覧会などのイベントを紹介する情報誌の『ぴあ』を、勇は何度も読み返していた。雑誌は分厚く、ずしりと重い。たぶん、他の地域の情報誌の倍はあるだろう厚みに、勇は興奮する。

これから、僕もここで暮らすんや。

そう思って、雑誌のページをめくっていく。

あの後、すぐにコンピューター会社へ応募した勇は、見事に採用試験を通り、本社勤務させてもらえることになった。東京行きのことを考えたら、面接でもハキハキと受け答えできたので、それが功を奏したのかもしれない。

勇は雑誌を膝に置くと、今度はカバンから、一通の手紙を取り出した。茶封筒に入ったそれは、勇がプラグドワールドへ送った手紙への返事である。

プラグドワールドさんから返事も来たし、僕、すごくラッキーやなぁ！

そんな幸せな気持ちで、何度も広げては読み返した手紙を、もう一度広げる。

そこには、いまは求人の募集がないこと、しかしながら、会社見学にはいつでも来てくださいと、好意的な返事がしたためてあった。

求人ないいんは残念やけど……頭のおかしなファンって思われなかっただけでも、もうけもんや。

東京勤務が決まった後、推敲に推敲を重ねて、十度文面を書き直し、一字入魂の心持ちで清書をした甲斐があったというものだ。

勇は丁寧に手紙をたたみ直すと、茶封筒に戻す。

幾度か電車を乗り継いだり、迷ったりしながら、勇は寮の最寄駅に到着した。

大きなリュックを背負い、もらった地図とにらめっこしながら、社員寮であるアパートにたどり着くと、先輩に指示されていたとおり、まず管理人さんの部屋のチャイムを鳴らす。

「はい」

「こんにちは。今日からお世話になる、牧谷です」

「あらぁ、いらっしゃい！」

勇が名乗ると、管理人のおばさんは笑顔で部屋から出てきた。

「遠くから、よく来たねぇ。兵庫だって？」

「そうです、尼崎です」

「あら、そうなの」

不名誉ながら公害の街として話題になった故郷は、関東での知名度も抜群だ。

おばさんは、勇をアパートの二階へと案内してくれた。

「それが悪いんだけど、まだ前の人の荷物が部屋に残ったままなのよ。この時期、引越し屋さんも忙しいからなかなか都合がつかないみたいでね」

カンカンと音をさせて鉄製の階段を上りながら、おばさんは話す。

「えっ、じゃあ僕、来たらまずかったですか」

ちょっと焦って勇が聞く間に、おばさんはとある部屋のチャイムを鳴らしている。

「いいの、いいの。ちょっと窮屈だろうけど、残ってるのは荷物だけで本人はもう移ってるから」

おばさんが言い終わるか、言い終わらないかのうちに、ドアが開いて同年代くらいの男が顔を出した。

「あ、どうも」

「あのね、こちら、今日から相部屋になる牧谷さん」

おばさんが言うと、男は自分も新入社員なのだと挨拶してくれる。

「でも、困ったな。部屋の中、段ボールだらけですよ」

男に案内されて玄関に足を踏み入れると、大して広くもない部屋にテーブルやタンスの最低限の家具が並び、家具のない場所には段ボールが積み上がっている。

「牧谷さんの荷物を入れるまでには、運んでもらうようにするから。悪いんだけど、そこの上を使ってくれる？」

そう言っておばさんが指差したのは、部屋の端にある、二段ベッドだった。

「わかりました」

おばさんが去ると、勇はリュックを二段ベッドの上に持ち込んだ。上がってみると、座っていればギリギリ天井に頭がつかないくらいの高さはある。

夜になると、勇は二段ベッドの上だけという、唯一自分に与えられたスペースで眠りについた。寝返りするたび、足元のリュックを蹴り飛ばす。

それでも、全然いいと勇は思った。

『ぴあ』があんなに分厚くなるくらい、東京ではさまざまな出来事が起こっている。きっとここが、ゲームの世界に飛び込む第一歩になる。

そう思うと、勇はなかなか寝つけなかった。


電話ボックスに入った勇は、震える手で、緑色の受話器を持ち上げる。十円玉を投入すると、間違えないよう慎重に、手紙に書かれた電話番号を押していった。

プルルル、と呼び出し音が鳴るのを、待ち遠しいような、逃げ出したいような気持ちで聞く。

『はい、プラグドワールドです』

「あの、求人の募集の問い合わせでお手紙しました、牧谷と申します！」

慌てて早口にならないよう気をつけながら、勇は手紙の返事をくれたプロデューサーの名前を出して、電話をつないでもらえるよう頼んだ。

『もしもし、牧谷さん？　えぇと、お手紙くれた？　牧谷勇さん？』

「はい。あの、お返事ありがとうございました」

まだ若そうな声が受話器から聞こえてきて、勇は丁寧に用件を告げる。東京に引っ越してきたので、一度会社を見学にうかがいたいと言うと、どうぞどうぞと、相手はあっさりと答えた。

『なんなら、明日にでも』

「えっ、本当ですか」

あまりのトントン拍子ぶりに面食らったが、このチャンスを逃す手はない。勇は明日、午後にプラグドワールドへ行く約束をして、電話ボックスを出た。

これは、東京来て早々、幸先いいぞ！

ウキウキした足取りで社員寮へ帰った勇だが、翌日、スーツを着て寮を出る時には、緊張で右手と右足が同時に出そうな有様だった。

うわぁ、僕、本当にプラグドワールドへ行くんか？

何しろ、あのドラフレをつくった会社だ。勇は目的地へ向かう道道、窓ガラスに映り込む自分を見ては、ネクタイは曲がっていないか、スーツにゴミはついていないか、チェックした。だが、春の嵐というやつか、強い風が吹いていて、何度なでつけても、勇の髪はもみくちゃにされてしまう。

最寄り駅で電車を降りて、陸橋に上がる。すると、風の勢いはますます強く、ごうごうと耳鳴りがするようだった。吹きつける風が勇のスーツの背中を押し、街路樹をざわざわと騒がせる。空から魔王でも現れそうな、荒々しい天気だ。

……僕、プラグドワールドへ行くんや！

何かが始まりそうな、そんな天気に励まされて、勇は嬉しくなる。ドラフレの勇者が旅に出た時も、きっとこんな天気だったろう。そう思って、緊張でがちがちの足を、一歩一歩、力強く踏み出して歩く。

オフィスビルに入り、手紙の住所にあったとおり三階に行ってみると、扉に株式会社プラグドワールドの名前があった。それと、その上に株式会社キタナカという名前も掲げられている。

なんで名前が二つあるんやろ。

疑問に思いつつ、勇は、扉の横のチャイムを押した。

「はい」

出てきたのは、きっちりとスーツを着たサラリーマンだ。

「あの、会社見学させてもらいにきました、牧谷勇です！」

「あっ、プラグドさんのお客さんかな」

言って、男は部屋の奥へ向かって、プラグドさーん、と声をかける。すると、今度はスーツではない、ラフなコットンシャツ姿の男が席を立ってやってきた。

「あぁ、昨日、電話くれた……」

「牧谷です」

「やあ、待ってたよ。こっちへどうぞ」

言って、私服姿の男は左手のほうへ勇を案内し、最初に出迎えてくれたスーツの男は、彼と軽く挨拶を交わして右手のほうへ歩いていく。見ると、フロアの真ん中あたりがパーテーションで区切ってあり、右ではスーツの人々が、左では私服の人々が働いていた。

「なんで、スーツの人とそうじゃない人がいるんですか」

「スーツの人たちは、キタナカの社員さんなんだよ。うちはキタナカの子会社だから、フロアを間借りさせてもらってててね」

「そうなんですか」

勇は驚いた。ドラゴンズフレイムみたいな人気のゲームをつくっているくらいだから、何かこう、すごく立派なオフィスなんだろうと勝手に想像していたのだ。

少し拍子抜けしたが、プロデューサーだという男は、フロアをざっと案内して、開発の様子を見せてくれた後、応接用のソファに腰掛けて話を聞いてくれた。

「牧谷くん、うちに来たいってことは、パブリッシャーがいいの？」

「パ、パブ……？」

耳慣れない横文字に、勇が首をかしげると、男はうなずく。

「うちみたいに、つくったゲームの説明書とかパッケージつくったり、宣伝して小売のお店に卸すところまでやる会社のこと」

「そういうの、やらない会社もあるんですか」

「うん。デベロッパーって言うんだけど、ゲームの中身だけつくる会社だね。ドラフレだって、プログラムを組むのはトンテンカンパニーさんっていう会社でやってもらってるんだよ」

「やりたいのは、プランナーなんだよね」

感心する勇に、男は他にも親身にアドバイスをしてくれた。

ゲーム会社って、そんな違いがあるんや。

「はい」

「最初からプランナーっていうとなかなか難しいから、プログラマーとして就職したのは良かったかもしれないよ」

「ほんとですか！」

暗闇の中を手探りで歩いているような状態だった勇は、ソファから飛び上がりそうなくらい、目を輝かせて背筋を伸ばした。

「うん。まぁ、牧谷くんとこの業界とゲーム業界だと、使ってるプログラミング言語違うと思うけどね」

「えっ」

勇が言葉を失うと、男はしまったとばかりにあいまいに笑う。

「いや、もちろん、勉強したことは無駄にはならないと思うよ、大丈夫」

「はぁ」

少しがっかりしつつも、勇はうなずいた。まあ、全然見当違いな就職活動をしていると言われなかっただけでも、救われたというものだ。

「あとは、やっぱり、なるべくゲームをいっぱいやって。ただやるんじゃなくて、何が良くて、何が悪かったのか、メモしておくといいよ」

「はい」

「いま、うちは新しいスタッフは募集してないけど、募集することになったら声かけるよ」

「えっ、いいんですか！」

チャンスや。

勇は思う。募集がいつになるかはわからないが、声をかけてもらえるなんて、階段を三段飛ばししたくらいの進歩だ。

勇はその帰りに、賃貸情報の冊子を山ほど集めて寮へ戻った。

こうなったら、とにかくプラグドワールドに通いつめるのが、ゲーム会社への近道だ。幸い、またいつでも遊びにおいでと言ってもらったし、会社帰りに遊びに行けるような位置に部屋を借りよう。そう、勇は決意していた。

四月の終わり頃、勇がプラグドワールドを訪れると、いつも相手をしてくれるプロデューサーさんは、勇を見るなり残念そうに言った。

「あ～、牧谷くん、来るのが遅いよ～！」

あの後、勇はすぐに部屋を借りて、しばらくはプラグドワールドに通っていた。しかし、会社のプログラミングの基礎研修で研修会場に通っていて、ここ二週間ほどは顔を出せていなかったのだ。

「えっ、あの、なんですか」

「ついこの前、アシスタントプロデューサーの募集があったんだけど、牧谷くん連絡がつかなかったから……別の人に決まっちゃった」

「えぇ～！」

精一杯、音量を抑えたものの、落胆の声はこらえきれない。魂の抜けていくような情けない声に、プロデューサーさんも同情の眼差しを投げかけてくれる。

「連絡したかったんだけど、勇くん、電話持ってなかったから……」

そう。一人暮らしを始めたばかりの勇は、お金もかかるし……という理由で、まだ電話の契約をしていないのだ。

「電話って……どうやって契約するんでしたっけ……」

がっくりと肩を落として、勇は聞いた。


大きなチャンスを逃したものの、会社のほうでは、研修を終えた勇に仕事が一件、任されることになった。

さまざまな会社にコンピューターを販売するにあたり、顧客が必要とする業務用ソフトを開発する。勇の初仕事は、水道の使用量を入力すると、自動で水道料金を計算するソフトということだった。

「えーっと、ここがこうなって……？」

基本的に一人でパソコンとにらめっこする仕事なので、知らず、独り言が多くなる。研修を終えたとはいっても、まだまだ基礎を覚えた程度だ。勇は、手引き書と首っ引きで仕事をしなければならなかった。

「牧谷くん、調子どう？」

頼りない勇の独り言を不安に思ったのか、先輩社員が声をかけてくれる。

「一応、基本は組んでみたんで、いま動かしてみようと思ってるんですけど」

「いいね。じゃあ、やってみようか」

勇は、自分の組み上げたソフトを実行してみた。

「水道の使用量を入力して……」

言いながら、勇はキーボードを叩いて数字を入力する。

途端、パッとパソコンのディスプレイが光った。

「うわっ」

「えっ」

勇も、先輩も、驚きの声をあげる。

勇は恐る恐る、もう一つ数字を入力する。

ピカッ。

もう一つ、二つ。

ピカッ、ピカッ。

「先輩、なんか、数字を入力すると光ります」

「なんで！　僕も初めて見たよこんなの！」

よほどめずらしかったのか、先輩は笑い出してしまった。

「おかしいなぁ、どこ間違ったんやろ」

「まあ、ちょっと自分で調べてみて。わからなかったら僕もチェックするから」

水道料金の計算自体は合っているのに、入力するたびにビカビカ光る。初仕事から、謎のバグを発生させてしまったようだ。

勇は一生懸命バグを直そうと奮闘するのだが、なかなか直らず、一日経っても、一週間経っても、ディスプレイをビカビカさせていた。

僕、こんなんで本当にゲーム会社に入れるんやろか……。

せっかくのチャンスは逃すし、謎のバグには悩まされるしで、勇はため息をついた。


調布駅の改札を通った勇は、どうも思っていたのと違うぞ、とあたりを見回した。七月の蒸し暑さに、じんわりと汗が噴き出してくる。

プラグドワールドで絶好の機会を逃した勇に次のチャンスが巡ってきたのは、いまから二週間前。ゲーム雑誌に掲載された、株式会社トンテンカンパニーの求人広告だった。

そう、プラグドワールドのプロデューサーさんが言っていた、ドラフレを一緒につくったデベロッパーだ。トンテンカンなんて、ゲームというより大工みたいな名前だが、そんなことは問題にならない。

一も二もなく履歴書を送ったが、二週間経ったいまも返事が来ない。ヤキモキした勇は、せめて会社がどんなところにあるのかだけでも知りたいと、今日、ここまで住所を頼りにやってきたのだ。

住所には調布市と書いてあった。調布といえば田園調布、さぞ立派な家の立ち並ぶ高級住宅地だろうとわくわくしてやってきたのに、まわりには普通の家と普通の店ばかりである。

調布市と田園調布がまったくの別物であることを知らなかった勇は、すっかり出鼻をくじかれた気持ちだった。

どうも思っていたのと違うし、地図を見ても道順がよくわからない。勇は電話ボックスを探して、ダメもとで会社へ電話をかけてみた。

『はい、株式会社トンテンカンパニーでございます』

「あの、履歴書をお送りした牧谷ですけど！」

勢い込むあまり、声が少し裏返る。電話口に出たのは、若い男性のようだった。

『ああ。牧谷さん、履歴書の審査通ってますよ』

事情を話すと、男はあっさりとそう言った。

「えっ、ほんとですか」

『連絡が遅くなってすみません。いま、調布駅までいらしてるんですよね？』

「はい」

答えながら、勇は急に不安になった。このチャンスを逃してはならないと、勢いでここまで来たものの、勝手に会社まで押しかけるのはやりすぎだったかもしれないと思い当たったのだ。芸能人を追いかける、過激なファンみたいだ。

でも、それはいらぬ心配だった。

『わざわざ、嬉しいなぁ！　せっかくだから、会社に遊びにきてください。あっ、もうついでに面接しよう』

電話口の男は、嬉しそうにそう言った。勇は面接という言葉にぎょっとしたが、それでも躊躇なく言う。

「はい、お願いします！」

二つ返事で答え、駅からの詳しい道順を教えてもらって、勇は電話を切った。


電話で案内された場所にたどり着くと、そこはマンションの一室だった。

チャイムを鳴らして少し待つと、女の人が扉を開けてくれる。ふわっとしたストレートヘアを背中の中ほどまで伸ばした、優しい顔立ちの人だ。

「あの、お電話した、牧谷です！」

「牧谷さん、いらっしゃい。どうぞ上がってください」

勇は、小さな応接室に通された。窓のない小さなフローリングの部屋に、ローテーブルと、二人がけのソファが対面するように置かれている。

「いま、社長を呼んできますから。おかけになって待っててくださいね」

彼女は、ミントグリーンのワンピースの裾をふわりと揺らして、部屋を出ていった。

それからすぐ、今度は若い男性が部屋に入ってくる。グレーのスーツに青っぽいネクタイ。若いからどこかの新人営業マンのように見えてしまうが、彼こそ榎本英治（えのもとえいじ）社長に違いなかった。

高校生で大手ゲーム会社の主催するゲームコンテストに自作ゲームを出品して入賞、大学生のうちにゲーム会社を立ち上げ、すでに数本のゲームソフトを発売している。目下、大学四年生として青春を謳歌しながら社長もこなしているという、ゲームの道を志す者で羨ましがらない奴はいないような人物だ。

「こんにちは！」

勇はかけていたソファからバネのように飛び上がって挨拶した。

「こんにちは。社長の榎本です」

くっきりとした二重の目と、厚みのある唇をほほえませて、榎本は名乗る。声から察するに、さっき電話に出てくれたのも彼らしい。

「まあ、かけてください。ここまで、迷いませんでした？」

「はい。詳しく道順教えてもらったんで」

話していると、ノックの音がして、さきほどの女性がお盆を手に入ってきた。

「ちょうどお茶菓子があってよかった。飲み物はコーヒーでよかったですか？」

「えっ！　いや、ええと、おかまいなく！」

勇は慌てて、イエイエと手で押しとどめる仕草をする。面接の席でお茶菓子を出された時の受け答えなんて、就活セミナーでも聞いたことがない。

「どうぞ、どうぞ。彼女の淹れてくれるコーヒーはおいしいから」

戸惑ったが、榎本までそう言うので、勇はありがたく冷たいコーヒーもお茶菓子のロールケーキももらうことにした。

「うちに入りたいってことは、ゲーム、お好きなんですよね」

女性がにこやかに頭をさげて出ていくと、さっそくコーヒーに手を伸ばしながら、榎本が言う。

「はい！　僕、ドラゴンズフレイムが大好きで！」

「それは嬉しいな。あれは、ほめてくれる人多いんですよ」

面接の席であれを聞かれたらこう答えよう、なんて、もう少しかしこまった返答を考えてあったはずなのに、それはもう勇の頭からすっぽ抜けていた。

「他には、どんなゲームを遊びました？」

「うーんと、あっ、パックマンとか」

「ああ！　僕も好きですよ」

「ほんとですか。僕、最初はゲームセンターで遊んで……」

話はどんどん盛り上がる。コーヒーを飲みきり、ロールケーキを平らげても話の種は尽きないくらいだった。

甘味の後のタバコを何本吸ったころだったか。榎本が腕時計を見て、驚きの声をあげた。

「あれっ、もうこんな時間だ。いやぁ、楽しくてつい、長々と」

「あっ、ほんまや」

勇も自分の腕時計を見て驚く。応接室に通されて、四時間が経とうとしていた。

「面接の結果は、また電話しますから」

「はい」

玄関で、榎本と、先ほどの女性が並んで見送ってくれた。

しっかりと挨拶をしてマンションを後にし、暗くなった道を歩きながら、勇はなんだか妙だなぁ、と首をかしげる。

なんや、面接っていうより、どっかの若夫婦の家に遊びにいったみたいやな。

そう思って、おかしくなった。


面接から一週間。

トンテンカンパニーからの連絡は、まだ来ない。

契約したものの、電話台などもなく、床に置きっぱなしのプッシュホンの前で、勇はあぐらをかいて腕を組んでいた。

もうそろそろ連絡があってもええんやないか？　いやいや、でもあんまり急かすのも失礼かもしれんし。

悶々と、もう三十分は悩んでいる。

プラグドワールドでのチャンスを掴み損ね、やっと巡ってきた二度目のチャンスだ。なんとかものにしたい、という気持ちが、勇を迷わせた。

「当たって砕けるか……当たらずに諦めるかいうたら……当たって砕けるほうや！」

声に出して、自分を励ます。やっぱり、こちらから連絡をしてみなければ、どうしようもない。勇は正座に座り直し、三度深呼吸をして受話器を手に取った。

『はい、トンテンカンパニーです』

出たのは、榎本だった。

「この前面接してもらった、牧谷です」

『あ〜、牧谷くん』

あ〜、ってどっちや！

ちょっと困っているようにも聞こえる、なんとも言えない微妙な発音に、勇は気をもんだ。

『連絡が遅くなってごめんね。合格なんだけど、仕事が立て込んでてね……』

「合格！」

思わずそう叫んで腰を浮かしたので、電話機がガタッと動いた。慌てて、勇は座り直す。

「合格って、あの、採用ってことですか」

『そうだよ。でも、すぐ来てもらうわけにいかなくて……』

勇のいまの会社での仕事の都合もあるし、いつから勤務するかはまた相談するということになり、勇は受話器を置いた。

背中から畳の床に倒れこみ、ごろごろと転がる。

「合格〜！　合格や〜！」

部屋を左右に三往復くらいしたところで、うっかり電話を蹴飛ばしたので、勇は転がるのをやめた。それでも、あまりの嬉しさに、にまにまと頰がゆるんでくる。

誰かにこの喜びを伝えたくてしょうがない勇は、また電話の受話器をとった。

「あ、もしもし、お母ちゃん？　僕な、ゲーム会社に入ることになってん！」

『はぁ？　あんた、コンピューターの会社入ったんちゃうの』

「入ったけど転職するんや。株式会社トンテンカンパニーゆうてな」

『あんた、大工になるんか！』

アカン、話にならん。

そう思った勇は、大工ではなくてゲームをつくる仕事だとなんとか母親に説明して、詳しい話はまた今度、と電話を切った。

親の世代にとっては、ゲームは馴染みが薄いからすごさが伝わりづらかったのかもしれない。無理もないことだ。

そこで勇は、今度は同い年の、大学の友達に片っぱしから電話をかける。だが、だいたいが喜んではくれるものの、ゲーム会社ってなんの会社、という反応だった。

もっとこう、ゲームに興味のあるような奴、おらんのか。

そう思ったところで、パッと祐一郎の顔が頭に浮かんだ。

そうだ、東京に出る前に、大阪へ会いに行こうかと思ったのに、予定が合わなくてそのまま来てしまった。代わりに電話で話しながら、まだファミコンを買っていないという祐一郎に、すぐ買え、明日買え、ドラフレをやれと、押せるだけ念を押したのだ。

勇はさっそく、中学校の頃からかけなれた、祐一郎の家の番号へ電話をかける。だが、受話器からはプルルルという呼び出し音がするばかりで、誰も出なかった。

祐一郎もアカンか！

勇は落胆して、受話器を下ろす。

「うーん……誰か！　いま！　一緒に喜んでくれる人おらんかなぁ！」

畳に倒れこんでわめいてみて、勇は閃いた。

そや。プラグドワールドさんに報告しよ！

勇のために親身に相談に乗ってくれたプロデューサーさんには、やっぱり吉報を知らせておいたほうがいいだろうと思われた。

『あれー、牧谷くん。わざわざ電話なんてどうしたの』

「はい。実は僕、トンテンカンパニーに就職が決まりまして」

『えっ、トンテンカンパニーさん！　そうか〜、勇くん、良かったじゃない！　それじゃあそのうち、僕とも一緒に仕事ができるかもね』

「はい！　その時は、よろしくお願いします！」
二、三、やりとりをした後、受話器を置いて、勇はしみじみと喜びを噛みしめた。打てば響くような祝いの言葉に、合格の実感が湧いてくる。それに、一緒に仕事する時はよろしく、なんて、すっかり業界人らしい感じだ。
僕、いつかテレホンショッキングに出られるな……タモリさんになんて挨拶しよ……。

すっかり有頂天になった勇の頭の中は、将来自分が、有名ゲームデザイナーになっているという妄想でいっぱいだった。

勇が、サインしたばかりの書類を渡すと、榎本は笑顔で受け取った。くっきりとした二重の目を細めると、彫りの深い顔が優しい印象になる。

「それじゃあ、明日からデバッグよろしくね」

「はい！」

答えながら、勇は嬉しさを押さえきれなかった。

いよいよ、明日だ。

いよいよ明日から、勇のトンテンカンパニーでの仕事が始まる。前の会社を辞め、じりじりする思いでその日を待っていたが、とうとう、いま開発中のドラフレ2のデバッガーとして、明日から仕事ができる。

「発売前のドラフレができるなんて、楽しみやなぁ」

勇はにんまりと頬をゆるませる。どんぐり眼の目尻が締まりなく下がった。

「最初はだいたいそう言うけど、デバッグ大変だよ。同じところ何十回、何百回もプレイするんだから」

榎本は口では脅すように言ったものの、やっぱり笑っていて、本気でそう思っているようにも見えない。

「えーと、それから……」

榎本が何か言いかけたその時、奥の部屋のほうから、ガンッ、と大きな物音が聞こえてきた。

「おっせぇーんだよ、バカ野郎！」

続けての怒鳴り声に、勇は心臓の縮む思いがする。ぱっと、怖い先輩が後輩を怒鳴りつけている図が思い浮かんだ。ガン、ガン、と物音はまだ続いている。

この会社、ものすごい厳しい会社なんや……！

震え上がりそうな勇なのだが、榎本は怒鳴り声などちっとも気にしないふうだ。

「あっ、そうだ、そうだ。いまいる人だけでも、紹介しておこうか」

榎本は応接室を出て、奥のほうの部屋の一つへ勇を案内した。まさに怒鳴り声の聞こえてくる、その部屋へ。

「あれ、堤くんだけ？」

勇がこわごわと部屋に入ると、榎本が言った。

オフィス向けのデスクが並ぶリビングでは、パソコンに向かって男が拳を振り上げている。

たった一人で。

「堤くん、まーた独り言言って」

「ここの演出、どうしても処理が遅いんすよ。やり方考えないとダメだわ」

榎本の言葉に、男はガリガリと短髪の頭をかいた。

「牧谷くん、彼はメインプログラマーの堤一成(つつみいっせい)くん。堤くん、彼、明日から入る牧谷くんね。ゆくゆくはプログラムも覚えてもらうから」

「牧谷勇です。よろしくお願いします！」

榎本の紹介を受けて、勇は背筋を正してあいさつする。ちょっと拍子抜けしたが、こういうのは最初が肝心だ。

「俺、面倒見ないっすよ」

堤は、隈の濃い目でギョロリと勇を見たと思うとすぐそっぽを向き、椅子に座ってパソコンをいじり始める。

あ、やっぱり怖い人かもしれん。

勇はますます姿勢を正した。

「まあ、そう言わないで。牧谷くん、バグを見つけたら、この堤くんに報告してね」

榎本の言葉に、勇は心の中で、うーん、と唸る。

僕これ、うまくやっていけるんか……？

次は休憩室を案内するという榎本について歩きながら、勇は急に不安になってきた。


目覚まし時計の音で、目が覚めた。

「うわっ、もうこんな時間！」

時計を見て、飛び起きる。起きる予定の時間をもう一時間も過ぎていた。

えーと、えーと、とりあえずスーツ着て、いやでもその前に歯磨きくらいは、う〜ん少しくらいの寝癖はしょうがないやろ！

寝起きの頭をフル回転させながら、バタバタとアパートを飛び出る。

やってしまった。待ちに待ったトンテンカンパニーの初出勤に遅刻なんて、いくら寝坊の常習犯でもあんまりだ。

電車に乗り、なんとか会社にたどり着いたのは、出勤時間の二分前だった。

「おはようございまーす！」

マンションの扉を開けて、大声であいさつする。すると、面接の時にも会った女の人が奥の部屋から出てきてくれた。

「牧谷くん、おはよう。今日からよろしくお願いします」

「こちらこそ、よろしくお願いします！」

「自己紹介がまだだったよね。私は桐野小夜子（きりのさよこ）。経理とか、事務とかをやってます」

しっかり者に見える彼女には、その役職はぴったりに思えた。

「応接室にデバッグ用の機材をそろえてあるけど……とりあえず、誰かに教えてもらってくれる？」

「はい」

桐野が戻るのにくっついて、勇も開発室であるリビングへ入る。中では、堤の他に何人かの社員がすでに仕事を始めていた。

「おはようございます！」

勇があいさつすると、おはよう、と口々にあいさつを返してくれる。

「うーい」

挨拶とも唸り声ともつかない声は、堤である。

「おっ、牧谷くん、今日から初出勤やな。お祝いにアメちゃんあげよ」

おばちゃんみたいなことを言うのは、須田公平（すだこうへい）だ。モンスターやマップをデザインしたり、それをドット絵にしたりする、グラフィッカーなのだという。

パーマのかかった長髪を後ろで結び、丸メガネをかけ、エスニックなシャツにジーパン姿の派手めのいで立ちに最初は驚いたものの、同じ関西出身と聞いて、勇はなんとなく親近感をおぼえている。

手招きされるまま、勇は須田のデスクに寄っていった。

「ほい、いちご味」

「ありがとうございます。あの、デバッグ、誰かに教えてもらってって言われてるんですけど」

「そうなん？　そしたら、堤くんに聞くのが一番ええわ」

やっぱりあの人か。

そう思ったのが顔に出たかどうか、須田はちょっと笑って、勇に耳打ちした。

「堤くん、ちょっと怖いなぁて思てる？」

「だって昨日、パソコンをガンガン叩いて、怒鳴ってましたよ」

「ああ、あれな！　うちの流行りやねん」

耳打ちから普通の声のトーンに戻して、須田はそんなことを言う。

「流行り？」

「そや。このパソコン、ヒューレットパッカードのやから。どっかの軍隊で使てる丈夫なやつやさかい、殴ってもへっちゃらや」

言って、須田は自分のデスクのパソコンをバコンと殴った。

「軍事仕様だからね！」

「そうそう、軍事仕様！」

横から、他の社員も嬉しそうに言い添える。

この会社、変な人ばっかりや。

まともな人がいない、と勇は思ったが、そのうち、機会があれば自分も真似してみようとも思うのだった。


バグ報告の紙の束を持って、勇は堤のデスクを訪れた。すぐ報告するまでもない小さなバグは、こうして夕方頃にまとめて報告することになっている。

「堤さん、今日のバグです」

「げっ、そんなにあんの。ちょっとはりきりすぎたんじゃねぇの、マキポン」

堤は、すぐ勇を変なあだ名で呼ぶ。

「なんか今日いっぱい見つかっちゃって」

「あ〜あ〜、また今日も終電じゃねぇのよ」

堤は、椅子の背もたれにそっくり返って天を仰いだ。三日続けて終電帰りしているらしい堤は、初日に話した時よりも、だいぶよれよれしている。

「やる気があって、ええことやん。毎日ビシッとスーツ着て気合入っとるもんなぁ、牧谷くん」

「ま、やる気ねぇよりはなぁ」

須田が、事務椅子をくるりとこちらに向けて弁護してくれると、堤はめんどくさそうに答えて、バグ報告に目を通し始めた。

「ビシッとスーツ着て、って、そういう決まりじゃないんですか？」

実は服装のことがずっと気になっていた勇は、須田に聞いてみる。

「俺たちのどこ見てスーツが決まりだと思うのよ、マッキーは」

堤の使うあだ名は、ころころ変わる。

「だって僕、社長にスーツで来てって言われたんで」

ゲーム会社なら私服で気楽にやれるだろうと思っていたから、榎本のその指示にはがっかりしたものである。

しかし、確かにいま開発室にいる面々の中には一人もスーツを着ている人がいない。須田はやたらにカラフルなシャツだし、堤はエアロスミスのロゴがプリントされた長袖Ｔシャツにケミカルウォッシュのジーパンという、ちょっとかっこいい服装だ。他の社員たちも、思い思いの私服で仕事をしている。

いつも、榎本だけがきちんとスーツで出社していることに、勇もここ三日間で気づいていた。

「そんな決まり、あったかなぁ？　牧谷くんはゲームプランナー目指してるし、社外の人とやりとりするかもしれんからかなぁ?」

須田は、首をかしげている。

なるほど、須田の言うとおり榎本には榎本の考えがあるのかもしれない。でも、やっぱり気楽に私服で仕事をしたいのが、勇の本音だ。

うーん、毎日、ちょっとずつスーツを着崩してみたらどうやろ?

いいことを思いついた、と勇は思う。そうやって少しずつ、私服にシフトしていくのだ。目指すスタイルは、Tシャツにジーパンだ。

勇はさっそく、翌日から作戦を実行に移すことにした。

朝、マンションの扉の前で、首元をさわってネクタイをしていないことを最終確認する。作戦の第一歩は、ネクタイをはずすことだった。

扉を開けて、おはようございますと出勤する。勇のデバッグ部屋になっている応接室に荷物を置き、開発室へあいさつに行こうと廊下に出ると、さっそく、榎本と話す機会が訪れた。ちょうど、榎本も出勤してきたところだったのだ。

「おはようございます」

「おはよう」

ちょっとドキドキしながら、あいさつを交わす。

「仕事はどう?」

「なんとかやってます」

「よかった。じゃあ、今日もよろしく」

榎本はネクタイについては何も言わないまま、開発室へ入っていく。

ネクタイミッション、クリアや……！

勇も続いて開発室に入りながら、にやりとしそうになるのを我慢した。

この調子で、ネクタイをはずす日を増やし、靴だけスニーカーにしてみたり、上はワイシャツでも下はジーパンにしてみたり……と、少しずつ私服を増やしていけば、そこには快適な私服ライフが待っている。

ひとまず、その第一歩を踏み出したことに、勇は心の中でガッツポーズをした。


勇が応接室でデバッグをしていると、軽いノックの後、榎本が顔をのぞかせた。

「牧谷くん、ただいま」

「社長、お疲れ様です」

榎本は、昼過ぎからしばらく、大学へ行くために会社を留守にしていたのだ。まだ大学四年生の榎本と、同じ学部の桐野は、どうしても出席しなければならない講義の時だけ会社を抜け出している。

いや、大学を抜け出して会社に来てるんかな？

考えると、勇の頭が混乱しそうだ。とにかく、社長であり学生という、とんでもなく多忙な日々を送っているのは間違いない。

「おみやげにケーキ買ってきたから、休憩室に取りにきて」

「ありがとうございます」

しかも太っ腹だ。

勇が喜んで休憩室であるキッチンまで榎本についていくと、桐野と須田が紙皿を用意していた。

「牧谷くん、みんなに配るから手伝ってくれる？」

「はい」

桐野に言われて、勇も紙皿にケーキを乗せるのを手伝う。

「おいしそうなケーキやなぁ」

「うん、この辺でちょっと流行りのお店らしいよ」

勇が言うと、榎本がそう返した。須田が、ピンときた、というように少し笑う。

「社長、また女の子にそういうこと聞いてきたんや」

「うん、まあ」

「さすが～、やっぱり社長モテるんやな～」

須田がからかうように言うと、榎本はイヤイヤと手を振った。

「大学のみんなは、僕のこと変人だと思ってるよ」

「えぇ、なんで」

「会社なんかつくってるから」

まあ、そうやろうな、と勇は思った。社長なんて、お金のあるジイさんがやるようなことだ。

「でも、社長なんて珍しいからやっぱりモテるんちゃいますか」

勇もつい便乗してそんなことを言うと、榎本は笑った。

「まあ、どっちかっていうとね？」

「はーい、持ってくよー！」

榎本の声をさえぎるように言って、桐野がお盆にのせたケーキを開発室へ運んでいく。その、彼女のわずかに不機嫌な声に、須田が小さく、あちゃ〜、と声をもらした。続けて、勇へ向けてこっそりと、頭にツノのように人差し指を立てるジェスチャーをしてみせる。

勇も、あちゃ〜、と思った。

給料をもらっているとはいえ、花の女子大生が貴重な学生時代を費やして、仕事と学業の忙しすぎる二重生活についてきているのだ。

だから、まあ、たぶんそういうことなのだろう。

当の榎本はわかっているのか、いないのか、コーヒーを淹れている。

勇は、そそくさと残りの紙皿を持って、桐野に続いた。


紙皿にのったケーキを受け取ると、堤は微妙な顔をした。

「あー、社長、大学行ってきたのか」

「みたいですね」

バグ報告を持ってくるたびに、ハリキリすぎだのなんだのと文句を言われる勇は、まだ少し、堤が苦手だった。会話こそ普通にできるが、堤の前に立つと、心持ち、背筋が伸びてしまう。

「俺も顔出さないとなー」

ぼやく堤に、勇は目を丸くする。

「えっ、堤さん……大学生ですか」

「社長とは学校違うけどな。あれっ、言ってなかったっけ？」

初耳だ。

「年上やと思ってた……」

思わず、勇はつぶやく。社長が大学生であり、年下なのは知っていたが、堤までとは思わなかった。

ショックを受ける勇に、堤はケラケラ笑う。

「マキポン、童顔だしなー」

思わず、勇はムッとする。どんぐりのような丸っこい目は、それほどコンプレックスでもないのだが、他人に言われるのはなんとなく腹立たしいものがある。

「そうですか？」

「はっはっ、怒るな、怒るな」

「まさか、須田さんも……」

嫌な予感がして勇が言うと、堤が驚いた顔をした。

「あれ、知らなかった？」

「えっ、ホントに年下？」

「ウソー。スダちーは大学出たあと、何年かイラストレーターの仕事してたっつーから、年上だろ」

ウソーやないわ！

小学生みたいなからかい方に文句を言ってやりたかったが、そこはぐっとこらえる。堤の冗談には、つき合っているとキリがない。

他の人たちにもケーキを配り終えると、勇も自分のケーキを持って応接室に戻った。

それにしても、堤さんも年下か〜。なんや、さんづけで呼ぶのも変な感じするなぁ。

ケーキをパクつきながら、そう考える。社長からは、入社した時に社長と呼んでほしいと言われたので、まあいいとして、堤にはもう少しくだけた接し方をしてもいいような気がした。

だいたい、堤も榎本のことを社長とは呼ぶものの敬語は使わないし、トンテンカンパニーの上下関係はフランクだ。

うーん、くんづけで呼ぶとか……？　堤くん、このバグ直しといてー、なんつって。

ちょっとえらそうに、ふんぞりかえってバグ報告書を渡す自分を想像してみる。想像するだけでなく、実際に紙束を手にやってみる。

ないわ。

すぐに、勇は自分の妄想を振り払い、報告用の紙束をテーブルに戻した。ゲームプログラムのイロハもわかっていない自分が、ドラフレのメインプログラマーに目上ぶるのもおかしな話だ。

年上ぶるのはおかしいけど、名前だけでもくんづけで呼んでみるとか？　うーん、怒るかなぁ？　どうやろ？

あれこれ考えて、会社の人間関係って、複雑やな……としみじみ思いつつ、勇はケーキをきれいに平らげた。


重い体を引きずるようにして、開発室へと廊下を歩く。扉を開けると、堤と何人かの社員が、まだ仕事をしていた。

「堤く〜ん、寝んといて〜」

椅子に座ったまま、首を傾け、口を開けている堤に、くんづけで呼びかける。最初こそ居心地の悪さがあったが、まわりのフランクさもあって、使い出すと慣れるのは早かった。

「ふがっ……あれ、いま俺寝てた？」

「寝てたわ、九割九分寝てたわ」

「あー、いかん」

勇の差し出すバグ報告書を受け取りながら、堤はバキバキと首を鳴らした。

勇が勤め出して、およそひと月。ドラゴンズフレイム２の開発は冬を迎えていよいよ大詰めに入っている。仕事に慣れてきた勇も、遅くまで残業したり、泊まりになることが増えてきた。

「牧谷くん、もうすぐ終電？」

デスクの上に栄養ドリンクの空き瓶をいくつも並べて、心なしか上体が斜めに傾いでいる榎本が、声をかけた。

「そうです」

「じゃあ、今日はみんなで切り上げようか」

榎本が言うと、うなだれていた社員たちの頭がひょこひょこと上がった。

「賛成のひとー？」

榎本が手を挙げながら同意を求めると、全員の手が挙がる。今日は寝たい、帰って新作ゲームやりたい、寝とけよそこは、と思い思いの発言が続く。

「じゃあ、戸締まりして帰ろう！」

榎本の鶴の一声で、一斉にみんなが帰り支度を始めた。勇も、さっきまでの重い足取りが嘘のようにきびきびと、自分の荷物をまとめたり、開発室の窓の戸締まりを確認したりする。

「あっ、このパソコン、終了しときます？」

勇は、無人のデスクに置かれているパソコンに気づいて、言った。いつも、誰かが操作しているわけでもないのに、起動しっぱなしになっているパソコンなのだ。電気代がもったいないなぁと、前から気になっていた。

「まって！」

「ダメ！」

勇がパソコンに手を伸ばすと、まわりじゅうから鋭い静止の声がかかる。

「バカ！」

一際大きな声で堤が吠え、ガタンと大きな音がした。

「えっ」

驚いて固まっている勇のところへ、椅子を蹴飛ばして堤がすっ飛んでくる。思い切り、伸ばした腕を掴まれて、体ごとすごい勢いで引かれたので、勇は危うくバランスを崩すところだった。

「ダメダメ！　こいつもう一週間動かしてんだから！」

「一週間？」

驚く勇に、榎本が苦笑した。

「そういえば、説明したことなかったかな。そのパソコンは、セリフとかのテキストデータをプログラム的にどう持ったらデータ容量が少なくなるか、計算してるんだよ」

「一度計算し出したら、一週間はかかるからな。もうそろそろ、計算が終わる頃合いなんだよ」

つまり、いまパソコンを止めたら、一週間の計算がパアなのだ。さーっと勇の顔から血の気が引いていった。

「こわっ！　先に言うといて！」

「マキマキ、触んなよ」

「遅い！」

離してもらった手首をさすりながら、勇は文句を言う。気を利かせたつもりが、とんだ大失敗をするところだ。

一週間分の計算とか、こいつのほうが僕よりよっぽど仕事してるわ。

ぞろぞろとみんなで開発室を後にしながら、悲しい気持ちで、勇は思う。仕事にも慣れてきたと思ったが、まだまだ、新米の覚えることは多そうだった。


ハッと気がつくと、テレビ画面の中で勇者一行は全滅し、王様に怒られていた。

『おお、ゆうしゃよ、しんでしまうとはなにごとか』

ごめんな王様。勇者、眠気に勝てへんかってん……。

心の中で謝って、勇はいったん、コントローラーを置く。ちょうど、夜中の零時だ。連日の寝不足に疲れた体には、カフェインが必要だった。

応接室を出て、開発室をぬけて休憩室に向かう。コーヒーメーカーの前には、ゾンビのような堤が立っていた。

「おー……出たなマッキー……」

最近、堤の使うあだ名は、マキポンとマッキーあたりに落ち着いてきたようだ。

勇以上に残業と徹夜続きの堤は、目の下に大きな隈をつくり、無精髭を生やして、男前な感じに切りそろえられていた短髪も伸び放題になっている。

「出たって、ひどいなぁ」

「だっておまえ、すーぐＡバグとか持ってくるもんよ～」

堤がコーヒーメーカーを使っているようなので、それを待つことにして、勇は堤の横に立つ。コーヒーメーカーは、コポコポとコーヒーを落としている最中だった。

「ま、センスあると思うよ」

「センス？」

疲れのせいか、いつもより声がワントーン低い堤に、おうむ返しに聞く。

「デバッグにもある程度、センスがあんのよ。ここバグありそうだなっつー、勘っていうかさ。デバッグの勘がそのままプログラムのセンスに結びつくわけじゃねぇけど、まあ、あって損はしないんじゃないの」

ちょっと間を置いて、眠い頭で、勇は堤の言ったことを理解する。

「あれっ！　いま僕、ほめられた？　堤くんにほめられた！」

おかげで目が覚めた。

プログラムを覚えている余裕がないので今回はデバッグをしているが、次回作からはプログラムを覚え、ゆくゆくはそれを生かしてゲームデザイナーになりたい。そんな勇には、いまのはなかなかのほめ言葉だった。

思わず勇が大声を出すと、堤がうるさそうにする。

「うるせぇなー、もー。プログラムのセンスとは別だって」

「でも、ないよりはあったほうがええんでしょ」

あっという間に調子に乗る勇は、もう締まりなく笑っている。

「あー、はいはい。次回作の時はせいぜい戦力になってくれ」

堤は適当な返事をしながら、コーヒーポットの中身を自分のマグカップに移し始めた。

「残り、もらってええですか」

堤が戻したポットに残っていたコーヒーをもらい、自分のカップに注ぐ。うきうきとしている勇の横で、堤はまだ何かゴソゴソやっていた。

見ていると、ビン入りのインスタントコーヒーを棚から取り出し、先ほどのマグカップへ、ティースプーンで一杯、二杯、三杯、四杯……五杯……六杯……。一杯ごとに、勇は自分の眉が寄っていくのがわかるようだった。

「うぇぇ……ドロドロやん……」

「いや～、キクんだわこれが」

コーヒーの感想じゃない。

堤は、勇のものより三割増くらい黒々とした液体を持って、休憩室を出ていった。

いつかは僕もあれのお世話になるんやろか……。

プログラムを覚えるのはいいが、できればあれは遠慮したいな、と勇は思った。

午後六時四十二分。応接室の時計を見上げた勇は、先ほど時計を見てから、まだ十分も経過していないことに落胆して、視線をテレビ画面へ戻した。

十二月を迎えて間もない今日、株式会社トンテンカンパニーでは、ドラゴンズフレイム2の最終チェックが行われている。

午後七時までデバッグをして、問題がなければ、現行バージョンをマスター版とする、というのが、榎本から伝えられている予定である。

勇は、幾度となく遊んだ砂漠の町の、町民たちのセリフを改めて聞いて回っている。十分にチェックをしたはずのところだが、ひまつぶしがてら……そういうつもりだったのだが、町娘に話しかけた時、勇の心臓が跳ねた。

『おにいちゃんたら　へんな　まうけばなしを　まにうけて……』

誤字だ。

もうけばなし、なぜ気づかなかったのだろう。

時計は、午後六時五十分になろうとしている。勇は開発室へすっ飛んでいった。

「堤くん」

開発室では、他の社員もほとんど総出でデバッグをしていて、みんな、疲れ果てて斜めに椅子に座っている。椅子を前後逆にして座り、背もたれにあごを乗せていた堤が、鋭い目つきで勇を見た。

「誤字見つけちゃって……」

「誤字？」

堤の目つきが少しやわらぐ。

「砂漠の町の、町娘のセリフで」

「ちょっと、見に行こうか」

榎本が言って、席を立った。堤に、須田に、何人かの社員も応接室についてくる。

「僕もこのへんチェックしたと思うけど、気づかんかったなぁ」

テレビ画面を見た須田が言って、唸った。

「これ、必ず見るセリフじゃないな」

「違いますね。イベントの内容に沿ったセリフだけど、別にヒントとかじゃないし」

みんな、口々に言い合う。

「これなら、目をつぶっていいと思うけど。一応、プラグドワールドさんに連絡してみよう」

榎本が言って、またぞろぞろと、開発室へ戻った。

主に企画、販売を受け持ってくれているプラグドワールドでも、いま、デバッグをしてくれている。最終的な判断は、あちらのプロデューサーに委ねられているのだ。

「もしもし、榎本です……はい、いまチェックしてたんですけど……」

榎本が電話で話すのを、勇も、みんなに混じって固唾を飲んで見守った。

「はい……そうですね、町娘の、はい……」

しばらく、そうして伏し目がちに話していた榎本が、目線を上げてちょっと笑った。

「はい、では、これでマスターアップということで。いえいえ、ありがとうございました」

さっと社員たちの顔に喜びが浮かんだ。見れば、時計はもう午後七時を過ぎている。誤字のバグは修正不要、他に大きなバグもないので、現行バージョンを完成品とする。そういう判断だ。

須田が、無言でそっと拳を突き出してきた。勇も拳を出して、ごつんと当てる。堤は、勇の背中をばんと一つ叩いた。

「そういうわけで、みんな、お疲れさまでした！」

電話を切った榎本が声をあげる。あちこちから、拍手と、安堵の声が聞こえてきた。

「あ～、やっと寝られる～」

「もう何も考えずに眠りたい……」

みんな、次々と、椅子に倒れこむように座る。喜ばしい場面なのに、みんな笑顔なのを除けば、死屍累々といった有様だった。

「みんな、ちゃんと家まで帰り着いてね？」

にこにこと桐野に言われたが、ちょっとその自信がないくらい、勇も疲れていた。


起きた時、布団の中にいたので、ああよかった、と勇は思った。なんとか、路上で行き倒れずに済んだらしい。

時計の針が五時半頃を指している、それが、朝の五時半なのか、夕方の五時半なのか、わからなかった。体を起こして、布団の上であぐらをかく。そのまま、少しぼうっとしていた。

窓の外がだんだんと明るくなってくる。それで、ああ、朝の五時半だったんや、とわかった。

少し覚醒してきた頭で、自室に帰り着いてからのことを思い出す。そうだ、眠くて眠くて仕方ないはずなのに、興奮して寝られなかった。それで、ちゃんと風呂に入って、ちゃんとご飯を食べて、ちょっとゲームをして寝たのだ。たぶん、ざっと二十時間くらい。ネムキチの異名をとる勇でも、最長記録の睡眠時間だ。

うーん、と伸びをして、これからどうしようか考える。榎本からは、二カ月ほど会社を休みにすると言われていた。

その二カ月の間に、ドラゴンズフレイム2の発売日がやってくる。デバッガーとして、ちゃんとスタッフロールに勇の名前を入れてもらった。

あ、そうや、今日は休みの間に遊ぶゲームソフト探しに行こ。

思いつくと、眠りすぎてだるかった体に活力が戻ってきたようだった。

せっかくだから、電気屋まで歩いていこう、と勇は思った。

4章　ストップ・パチンキング［祐一郎］

薄汚れたリノリウムの床に四つん這いになっている。まわりを取り囲む先輩たちの、履きつぶして形が崩れていたり、底のすり減ったりしているスニーカーの足だけが見えていた。

「おらっ、犬だおまえは！　ちったぁ犬らしくしてみろ、おら！」

「はい！」

答えた瞬間、肩を小突かれる。

「はいなんて答える犬がいるか、アホ！」

「は……わん！」

反射的に、はいと答えそうになるところを、かろうじて、わんと鳴いてみせる。それでも、また肩を小突かれた。

「言われなきゃなにもできないのか、おまえは！」

「わん！」

答えながら、祐一郎はこれが夢だということを自覚している。大学の、演劇部だったころの稽古風景だ。罵ったり、罵られたりしながら、毎日必死に、何時間も稽古をする。あまりに厳しくて、三十人いた同期があっという間に二人になってしまっても、祐一郎はやめずに続けた。

もう何カ月も前に卒業したのに、まだ夢に見るんやな。

なんて感慨深く思っているところで、ジリリと目覚まし時計が鳴った。

ばちりと、布団の中で目を覚ます。まず目覚まし時計を止めて、なんのために目覚まし時計をかけたんだっけ、と考えた。

そうや、今日、バイトや。

すぐに、日雇いバイトの予定が入っていたことを思い出す。

祐一郎は、まずは朝食を食べようと、一階へ降りた。ダイニングテーブルの上に、母親が置いていってくれたらしい朝食が置いてある。それから、その横に、祐一郎宛ての封筒が一通置いてあった。

「あっ、勇からや」

差出人を見て、思わず声をあげた。もう何年も会っていないが、この中学校時代の同級生とは細々と手紙や電話のやり取りが続いている。朝食は後にして、まず手紙を読むことにした。茶封筒を開けると、シンプルな白い便箋に、罫線に対してちょっと大きめの文字が並んでいる。

就職して東京へ行くと聞いていたが、引越しは無事済んだらしい。さらに手紙には、彼がゲームの会社に転職した顛末が書いてあった。

ゲーム会社か。勇らしいわ。

読み終えた祐一郎は、便箋を封筒に戻しながら思った。ゲーム会社が具体的にどんなことをするのかわからないが、インベーダーとか、パックマンとか、ああいうのをつくるのだろう。ピンボールに夢中になっていた勇を思えば、それは似合いの仕事だ。

祐一郎は手紙を置き、朝食のパンを食べ始めた。

勇の仕事は、わかりやすくていいな。ガラスの会社とか、よくわからんもんな。

パンを頬張りながら考える。

演劇部の唯一の同期だった友達は、安定しているからという理由でガラス会社に就職していた。演劇ばかりの学生生活で、ガラスのガの字もなかったのに、なぜ急にガラス会社なのか、祐一郎にはどうしてもピンとこない。自分自身のやりたい仕事もピンとこないまま大学を卒業し、祐一郎はいま、定職につかずにバイトを転々としている。

その点、勇はいい。好きだから仕事にするというのは単純明快だ。

俺の場合はなぁ、演劇で食べていくわけにいかんしな……。

心の中で、ボヤく。演劇には充実感があったが、多忙すぎる学生生活を終えてみると、祐一郎はもう何をしていいかわからなかった。

犬の演技ができたって、仕事に活かせるわけでもないし……。

考えていると、だんだん情けなくなってくる。祐一郎は考えるのをやめて、二枚目のパンに手を伸ばした。

今日は、バイトの後でニーナに会いに行こう。そうしよう。

そう思うことで、祐一郎は気をとり直した。

ニーナは、今日はすこぶる機嫌が悪いらしい。手持ちの玉がどんどん減っていくのを見ながら、祐一郎はため息をつくしかなかった。

行きつけのパチンコ屋の、二百十七番の番号をつけられたお気に入りの台も、いつも調子がいいとは限らない。

騒々しい電子音と、ジャラジャラと金属のぶつかり合う音の洪水の中で、祐一郎はちらりと横に目をやった。

隣では、おそらく高校生くらいだろうガラの悪い少年が、調子よく当たりを出している。祐一郎の横にまで、玉がいっぱいにつまった箱が積み上げられていた。

ちょっとくらいやったら、バレへんのちゃうか……？

夢中になって打っているのを横目に見ながら、祐一郎はそんなことを考える。横の箱から一掴みくらい玉をくすねられないか、と、そういう算段なのだ。

すまんな高校生。パチンコの前に人はみんな非情なんや。

祐一郎は、心の中でつぶやきながら、タイミングを見計らう。

落としたタバコを拾うふりをして、サッと横の箱から玉をひっつかんだ。

「なにしとんねん！」

後ろから、大きな声が聞こえた。

「なんや」

「しょうちゃん、こいつ、しょうちゃんの玉、パクりよったで」

異変に気付いた隣の高校生に、後ろのやつが言った。見ると、二人とも同じ高校の制服を着ている。

「おまえ！」

　言うが速いか、手が伸びてきて胸ぐらを掴まれる。続いて躊躇のない右拳が飛んできて、頬を殴りつけられた。

「おいおい、喧嘩か」

「表出てやらんかい！」

　じーんと脳天まで響くような痛みの中で、まわりの野次を聞いた。その間に、もう一発、腹に拳が飛んでくる。つぶれたカエルみたいな、ひどいうめき声が出た。

「お客さん！」

　白黒している祐一郎の目に、やたらに体格のいい店員の姿が飛び込んでくる。祐一郎と引き離された高校生が、こいつが玉を盗んだのなんだのと騒ぐと、祐一郎は店員に、引きずるように店外に放り出された。突き飛ばされて、アスファルトの地面に手をつく。

「ったく、もう二度とくんな！」

　強面の店員は、吐き捨てて店内に戻っていく。まだあちこち痛むのを我慢して、祐一郎は立ち上がった。

　通りすがりの人たちが物見高くこちらを見ている。祐一郎はのっそりと立ち上がると、近くの公園まで歩いていった。水道で殴られた顔を洗う。ひどくしみる。

　あーあ、思いきり殴りよって。

　心の中でボヤく。ズキズキと痛む腹を押さえて、ベンチに腰を下ろした。

　ぼんやりと、空を見上げる。暮れ始めた空にはうっすらと白い月が浮かび、その横にもう金星が姿を見せていた。次第に暗くなっていく空とは対照的に輝きを増していく月は、パチンコ玉みたいに丸い。

パチンコ、やめなアカンな。

いままでにも何度となく思いついては実行に移されなかった考えが、思い浮かぶ。あの店にはもう出入りできないだろうし、ニーナに会うこともできない。今度こそは、いい機会かもしれなかった。

うん、パチンコ、やめなアカン。

だいたい、パチンコなんて、負ければ不幸になるし、勝ったら勝ったで店が不幸になるし、誰も幸せにならない。

「ストップ・パチンキング！」

決然と、祐一郎はベンチから立ち上がり、叫んだ。犬の散歩をしていたおじさんが、ぎょっとこちらを振り返る。

「ストップ・パチンキング」

公園の出口へ向かって、歩き出す。

「ストップ・パチンキング」

家へ帰るための電車代はもうスッていた。一駅ぶん、歩いて帰るしかない。

「ストップ・パチンキング」

繰り返し、繰り返し、口にしながら歩く。周りの視線も、すれ違う人たちが大きく自分を避けて通るのも、気にしてはいられなかった。

さらさらと、ノートに鉛筆を走らせる音だけが夜の静けさの中に響いている。祐一郎はうつらうつらしそうになるのを我慢しながら、なんとかキリのいいところまで書いてしまおうと、懸命に手を動かしていた。

「あれっ、これは四日前の話か……？」

書きながら、独りごとを言う。六日前の出来事を日記につけているのだが、いま書こうとしている出来事がいつのことだったか、もうわからなくなっている。

しばらく考えて、そうだ、やはり四日前の話だ、と書きかけていた文章を消しゴムで消した。

パチンコをやめたあの日から、祐一郎は二つの決まりを自分に課している。一つは、バイトの後、一駅前で電車を降りて、家までストップ・パチンキングと唱えながら歩いて帰ること。もう一つが、毎日、日記をつけること。

「六日前……えーと、水曜日やから、バイトがあって……？」

ぶつぶつと言いながら、記憶をたどる。あったこと、考えたことすべてを日記に書き残そうとすると、その情報量はあまりに膨大だ。その上、日記を書きながら思いついたことも書き残そうとするから、書ききれないままに次の日がやってきて、また書ききれずに夜が明けて……といった具合に、もう何日ぶんもの日記が溜まっていた。

日記になんでも書いて、自分のやりたい仕事を探す足がかりにしようと思ったが、少し無理があったかもしれない。

もう、文章はアカン。もっと、デジタルにするんや。

祐一郎はノートに定規で線を引いて、グラフをつくった。チェック項目として、横軸に日々の生活でこなすべき事柄を書き連ねていく。

朝、起きた。

顔洗った。

飯食った。

勉強した。

バイトした。

運動した。

やった、やらなかったを縦軸にして、一日にやったことを線グラフでチェックする。妥協案ではあるが、なかなか賢いやり方だ。

毎日、線グラフの日記をつけて、週末には一週間の統計をとり、円グラフにまとめる。それが祐一郎の、毎日の重要な日課になった。


例のパチンコ屋の前を通ると、新装開店と書かれたのぼりが立ち並び、にぎやかな様子だった。ついクセで中をのぞきたくなった祐一郎の足は、ふらふらと入り口に近づいていってしまう。

いや、いや。パチンコはやめたんや。

己を律して、入り口に背を向けようとした時だった。

「あっ、おまえ！」

ガラの悪い声に呼びかけられた。振り返ると、祐一郎を店外へ放り出した、あの店員だ。私服姿ですごまれると、チンピラにしか見えない。

「もう来るな、言うたやろうが！」

「えっ、ち、ちがいます。俺はえっと、あっちのゲーセンに……」

すくみあがりながらも、とっさに弁明する。本当はただの通りすがりだったが、口走ったのは別の理由だった。

「おまえ、ゲームやるんか」

「ええと、少し」

「そうか、そうか、ゲームやるんか」

わけがわからないまま答えると、チンピラはおもむろに肩を組んできた。

「あのなぁ、いまちょっとゲームできる奴集めてバイト頼んどんねん。おまえ、どうせヒマやろ、ええ？」

祐一郎はチンピラと目を合わせないようにうつむいているのに、チンピラは顔をのぞき込んでくる。逃げ出したかったが、肩はがっちりと掴まれていた。

「いや、ええと、今日はこれから用事が」

「ゲーセン行く言うたやろうが！」

低くドスのきいた声で言われて、祐一郎はすっかり縮み上がった。

「あ、はい、あの、ヒマです」

「よし、決まりや。いま迎え呼んだるわ」

公衆電話まで連れていかれ、何やら電話をかけたかと思うと、しばらくしてワゴン車がやってくる。

さっさと乗れと押し込まれた後部座席に、恐そうな先客がいるのを見て、祐一郎は抵抗をあきらめた。恐そうというか、シャツの袖からのぞく腕には刺青があるし、パンチパーマだ。

ヤクザやん！

心の中で悲鳴をあげる。パチンコ店で仕事があるらしいチンピラとはそこで別れて、どこへ行くとも知らされないまま、祐一郎はシートに座っているしかなかった。

パチンコやテキ屋にヤクザが関わっているのと同じように、ゲームセンターみたいな施設にもやっぱりヤクザがからんでいるのだ。

ゲーム業界っておっそろしいとこやな。

祐一郎はうつむいて、道中、ずっと膝の上で握った自分の拳を見つめていた。


連れていかれたのは、広さだけはあるが古い、アパートの一室だった。そこに数台のテレビゲーム機が並べられ、祐一郎みたいに連れてこられたと思しき男たちが、黙々とプレイしている。ゲームの内容は、どうやらシューティングゲームだった。

「プレイしてて、変やなってとこがあったら言え」

そうとだけ言われて、ゲーム機の前に座らされる。大人しく、やるしかなかった。

うーん、よくあるシューティングやな。

ゲームの感想は、それ以上でもそれ以下でもなかった。特別、目新しいシステムがあるわけでもない。

パターンを覚えて、気をつけるべきポイントだけ気をつけて切り抜ければ、難しいことはない。

「おっ、兄ちゃん、うまいなァ」

見張りのためだろう、部屋には数人のチンピラがひまそうにしており、その中の一人が祐一郎のプレイする画面をのぞいて言った。

「はぁ」

謙遜すべきなのか、素直に喜ぶべきなのかわからず、あいまいな返事を返す。

「兄ちゃん、明日からも来られるんか？」

「……はぁ」

しまった、と思ったけれど、もう遅い。つい、普通にプレイしてしまったが、ここは適度に手をぬいて、気に入られないようにしておくべきだったのだ。

「ええと、明日は引越しのバイトがあって」

「明後日は」

「……来られます」

うまく断ることもできず、祐一郎はしばらく通わされることになった。

厚手のコートを着て、ポケットに手を入れ、首をすくめるようにしながら、祐一郎は電気屋を訪れた。

「え、これ、ドラフレを買う列ですか」

電気屋沿いの歩道には、長い行列ができている。店員に聞くと、店員も驚いている様子だった。

「はい。開店前からお待ちいただいているみたいで……」

二月の寒空の下、開店前から並ぶとは、相当な熱の入りようだ。祐一郎は、呆気にとられてその行列を眺めやるしかなかった。

「これ、いまから並んで買えますか？」

「すみません、いま並んでいらっしゃる方でもう……」

「そうですか」

祐一郎は、すごすごと電気屋を後にした。近所で一番大きい店でこれでは、他も大差ないだろう。仕方がないので、家に帰ることにした。

勇が開発に携わったゲーム、ドラゴンズフレイム2が発売される。勇からの手紙で、そう教えてもらって発売日を楽しみにしていたが、まさかこんなことになっているとは。

家に帰り、カップラーメンで昼食を済ませようと湯を沸かす。ひまつぶしにテレビをつけると、ちょうどワイドショーの時間だった。

『すごい行列です！　先頭の人にお話を聞いてみます！　おはようございます、いつから並んでるんですか？』

『昨日の夕方からです』

『今日、お仕事はどうされたんですか？』

『あの、休みをとりました』

リポーターと、会社員らしき男のやり取りに唖然とする。祐一郎はあわててヤカンの火を止め、電話の受話器をとった。

「もしもし、祐一郎やけど」

『はい』

長い呼び出し音の末に電話に出た勇の声は、寝ぼけている。

「勇、寝ぼけてる場合ちゃうで。テレビつけてみ」

『あれっ、祐一郎？』

「ええからテレビ！」

どうも反応がワンテンポ遅れる勇を急かしてテレビをつけさせる。同じワイドショーを見るよう指示すると、勇もようやく事態を飲み込んだようだった。

テレビのリポーターは、ドラゴンズフレイムが人気ゲームであり、新作に期待を寄せるファンが大勢いること、ゲームソフトのためにこんな行列ができるのはめずらしいことを、興奮気味に伝えている。

『なんや、えらいことになっとるなぁ』

「他人事ちゃうで。俺も買いに行ったけど、やっぱり行列で買えへんかってん」

『ほんまかぁ。でも僕、デバッグしかしてへんもん。次回作からは、僕もプログラムやらしてもらうねん』

「のんきやな、おまえは」

当の勇の落ち着きぶりに、こいつまだ寝ぼけてるんちゃうか、と祐一郎は呆れる。まあ、当人は案外、そんなものなのかもしれない。

『しかし、一年ぶりやなぁ。せっかく手紙送ったのに、返事くれへんねんもん』

東京への引越しを知らせる電話に出たのを最後に、勇の転職を知らせる手紙にも、ドラフレの発売を知らせる手紙にも、祐一郎は返事をしていなかった。

「ああ、ちょっとバタバタしててな」

『そうなんか。祐一郎、いま、なにしてるん？』

定職についていないと近況報告するのが気まずくて手紙だって送れないでいるのに、勇はなんの気遣いもなく核心に触れてくる。

「うーんと、いまなぁ、バイトしとんねん。ゲーセンのゲームのデバッグで」

『えっ！　祐一郎、ゲームの仕事しとるん！　なんではやく言わんの！』

勇の声は嬉しそうだ。居心地の悪さに、祐一郎は電話のコードを伸ばしたり縮めたりした。

「いやいや、だから、ただのバイトやねんて」

『アーケードのゲームかぁ。それも面白そうやなぁ。そのままその会社で正社員とかにしてもらえないんか』

「無理、無理。怖あて、とてもやないけど無理やわ」

いつも監視についているチンピラや、時々顔を見せる、兄貴分らしきヤクザの顔を思い浮かべて、祐一郎は首を振る。

『えっ？　そんな怖い先輩おるんか』

「だって相手、ヤクザやん」

『はあ？　ヤクザ？』

どうも、話がかみ合っていない。そう気がついて、祐一郎は事の経緯を一から説明してやった。

『なにそれ、めっちゃ怖いやん……祐一郎、よく平気やな……』

「勇のとこのゲーム会社は、ヤクザ関係ないんか」

『ない、ない。榎本社長がヤクザとか、ガラちゃうわ。独り言が怖い先輩もおるけど』

「そうか」

祐一郎はてっきり、勇も似たような環境でがんばっているのだと思い込んでいた。

『祐一郎、しばらくこっちに遊びに来られへんの？　僕、まだしばらく休みやねん。僕が大阪遊びに行ってもいいけど、一緒にゲームしようや』

それは、いかにもいい気晴らしになりそうだった。

「それやったら、俺がそっち行くわ。泊まってええか？」

『ええで、狭いけど』

幸い、例のバイトのバイト代として破格の金額をもらっていたので、東京への旅費には困らない。休みも比較的自由にとらせてもらっている。

勇と日程の相談を簡単にして、電話を切った。

ゲームしようや、やって。

勇の言いようを思い出して、ちょっとおかしくなる。まるで中学生が遊びの約束をするような気安さだった。


株式会社トンテンカンパニー。そう書かれた小さな看板のかかった扉を開けるなり、勇はさっきまで一緒に徹ゲーしていたとは思えない元気さで挨拶をした。

「あっ、社長！　お疲れさまでーす！」

「牧谷くん、お疲れさま！」

その勇の背中を見ながら、祐一郎はそわそわと、肩越しに中の様子を垣間見る。廊下にちらほらと段ボール箱が並び、ちょうど男が一人、新しく梱包の済んだ段ボール箱を運んできたところのようだ。

「はじめまして、お邪魔します」

勇に続いて玄関に入ると、祐一郎は言葉を選びながら、きっちりとお辞儀をした。

「ああ、えっと、そちらが……」

「友達の祐一郎です！」

男に答えながら、勇はばんばんと祐一郎の背中を叩く。

「こんにちは。社長の榎本です」

祐一郎が顔を上げてみると、男は目尻に皺を寄せて笑っていた。俳優みたいに鼻が高いのに、そうして笑うとどこか愛嬌がある。それに、社長という肩書きに似つかわしくなく、何しろ若かった。

全然、怖そうなやないな。

まだヤクザのイメージを捨てきれていなかった祐一郎は、胸をなで下ろす。

「せっかくの東京旅行なのに、手伝いにきてもらって」

「いえ、引越ならバイトで慣れてますから」

恐縮する榎本に、祐一郎は言った。

株式会社トンテンカンパニーは、次回作の開発が始まるまでの休みの間に、オフィスを新宿のビルのワンフロアへ移すことになったらしい。その引越の日程がちょうど祐一郎の東京行きに重なったものだから、勇が祐一郎も手伝いに来いと言い出した。

「むしろ、すみません。俺、部外者なのに……」

祐一郎が苦笑いすると、榎本はとんでもないというように手を振った。

「人手が多いのは大歓迎だよ。牧谷くんが友達を連れてくるって言った時は驚いたけど」

「いや～」

笑顔で言ってくれる榎本の横で、勇は照れたように頭をかいている。

ほめられてないからな！

背を向けてリビングに入ろうとしている榎本の後ろで、ビシ、と一発、勇にチョップしておく。

リビングの中では、早めに着いたと思しき社員が数名、すでに荷物を段ボール箱に詰める作業にかかっていた。

「みんな、牧谷くんと助っ人の神田くんが来てくれたよ！」

「牧谷くんの友達だって？」

「あっ、じゃあこの辺のゲームソフトお願いします」

思い思いの歓迎を受け、段ボール箱を受け取る。棚に所狭しと並ぶゲームソフトを詰める担当を任されて、作業に取りかかった。

「なぁ、軍事仕様ってぷちぷちに包まなくてもいけると思う？」

「いや、それはさすがに」

「あーあ、栄養ドリンクの空きビン置きっぱなしだよ」

「あん時、頭死んでたから、片付けとか考えもしなかったわ……」

「ねぇ、これなくしたって言ってたやつじゃない？」

「うわ、ほんとだ！」

あちこちから聞こえてくるそんな会話は、にぎやかでまるで大学のサークルか何かみたいだ。社長の榎本がようやく今度の三月で卒業するというのだから、当然なのかもしれない。

ぴっちりとパッケージの角をそろえてファミコンソフトを詰め込みながら、祐一郎は自分も大学生に戻ったような気がする。演劇は、就職先を考える局面ではなんの役にも立たなかったが、あのがむしゃらさが、祐一郎はいまでも嫌いではない。

「お疲れ、お疲れ〜」

リビングに誰かが入ってきて、みんなが作業の手を止めた。

「堤さん、遅いですよ」

「しょうがねぇだろ、渋滞ハマッてたんだからよ〜」

黒のライダースジャケットに、小脇に抱えたフルフェイスのヘルメット。そんな、ちょっとかっこいい服装の男は、社員の誰かに言われてそう返す。そして、祐一郎に気づいて怪訝そうな顔をした。

「あれ、新人？」

「僕の友達です！」

「へぇ、マキポンの」

祐一郎は作業の手を止めて、榎本にしたのと同様きっちりとお辞儀をした。

「どうも、神田祐一郎です」

「神田くん、中学校の時の友達なんだって？」

「あっ、蛇口？　コック？　くすねてた友達でしょ」

作業に飽きてきたらしい社員たちの興味が急に祐一郎に向けられて、口々に質問が飛んでくる。

「そうそう、水道のコックの！　……この話すると、飲み会とかでウケるねん」

急な質問攻めに祐一郎が目を白黒させていると、勇が横から言って、祐一郎に笑ってみせた。

「しかもコイツ、意味わかんなくて。久しぶりに連絡して、ゲームのデバッグやってるっていうから話聞いたら、ヤクザのとこでバイトしてるっていって」

「いや、やりたくてやってるのと違うねん」

「そうそう、シューティングうまいからって気に入られて、やめるにやめられないとかで」

「だって、明日は行けない言うたら、明後日は、明々後日は、いつなら来れるんとか言われて、相手こんな、腕にばーって刺青入っとるんやで！」

勇がぺらぺら話すのへ、祐一郎が口をはさむと、周りから笑いが起きた。

いやいや、漫才じゃないんやけど。

思いながら、また手を動かし始める。

「そんならもう、うちで働けば。俺は面倒みないけど」

けらけら笑っていた堤という男がそう言った。

「あ、いいねぇ。オフィスも広くなるから、人増やせるよ」

気楽な調子で、榎本も言う。

「えっ」

驚いて、祐一郎の作業はまた止まってしまう。

「でも俺、ゲームの仕事よくわからんし」

慌てて言うけれど、すぐどこからか楽しそうな声が飛んできた。

「堤さんみたいに腰かけの人もいるし、お試しで入ってみれば」

「バァーカ、誰が腰かけだよ」

堤が、不機嫌に返した。

「だって堤さん、そのうち起業してやめちゃうんでしょ」

「俺はなぁ、榎本英治に弟子入りしに来てんの。なー、社長」

丁寧に机の上のものを濡れ布巾で拭いては段ボールに詰めている榎本が、鷹揚に笑った。

「そうだね、堤くんは最初から起業したいって言ってたもんね。……まあ、うちいろんな人がいるから、面白そうだと思ったらおいでよ、神田くん」

起業って、そんなホイホイするもんなんか。

世間話みたいに気軽に言われて、祐一郎は頭の回転がついていかない。ついていかないが、パッと、電気屋の前の行列が思い浮かんだ。

あんな行列ができるゲームを、こんなふうにつくってるんやな。

少なくとも、この仕事はたくさんの人を幸せにする。そう思うと、知らず、祐一郎は深々とお辞儀をしていた。

「あの！　よろしくお願いします！」

顔を上げると、勇が満面の笑みで親指を立てている。もしかすると、こうなることを期待して、今日、祐一郎を連れてきたのかもしれない。

やられたな、と思ったが、まあ悪い気はしなかった。

制限速度ぎりぎりの低速で、高速道路の端を走り続けている。大型のトラックやら、スポーツカーやらが、ドンくさい野郎めと言わんばかりに、びゅんびゅんと横を通り過ぎていった。

「おまえ、これ、本当に大丈夫なん！」

思わず叫ぶが、運転席に座る勇は目をかっ開くようにして前を見ている。

「待って、いま話しかけんといて」

「大丈夫じゃないやつやん！」

すがるように、シートベルトを握りしめた。

東京へ引っ越すにあたり、トラックを借りて自分で運転すれば安上がりだ、自分の時はそうしたと勇が言うから、当てにしたのが大きな間違いだ。

「でも、楽しみやなぁ。一緒にゲームつくったら、きっとバカみたいに面白いわ！」

前を見たまま、勇はにやにやしている。

「合流！　合流くるから気ぃ散らすな！」

自分も免許をとったばかりで人のことは言えないが、どっこいどっこいの勇の腕前にハラハラする。

「なんか俺、不安になってきたわ……」

「そんなん言うて、祐一郎は放っとくとすぐそれやん」

けらけら笑っている勇を、こいつ小突いてやろうか、と祐一郎は思う。ハンドルを勇が握っているこの状況では、そういうわけにもいかないのだった。

5章　新人プログラマーズ［勇］

新宿の新しいオフィスには、勇と祐一郎にも専用のデスクが用意された。二人はいま、隣同士の席について、そろって首をかしげている。

「なぁ、勇……わかるか？」

こそりと話しかけてきた祐一郎に、勇は首を横に振る。

「……わからへん」

プログラムの勉強を本格的に始めた二人には、毎日、榎本や堤から課題が出されている。

「おまえ、前の会社でもプログラム習ったんやろ」

「だって、前の会社と使ってるプログラム言語ちがうんやもん」

勇がうなだれていると、後ろから涼やかなくすくす笑いが聞こえてきた。

「そんなに難しいの？」

勇と祐一郎が振り向くと、手にマグカップを二つ持った桐野が立っていた。

「いやー、難しい。前のがパーツ組み立ててつくる本棚だったら、自分で木材の加工からやるみたいな」

「あっちから見てたら、二人とも眉間の皺がすごいんだもん。少し休憩したら」

勇は、桐野が差し出すマグカップをありがたく受け取る。中身は、ココアだった。

「あっちも、長引いてるみたいね」

言って、桐野は会議室のほうをうかがっている。新しいオフィスには、パーテーションでフロアを区切って、会議室と応接室が設けられた。その会議室で、いま、ドラフレの次回作の企画会議が行われている。榎本、堤、須田と、プラグドワールドからの客、数名が会議室に入って、もう四時間が経とうとしていた。

「榎本くん、お昼食べてないのに、大丈夫かな」

桐野は、榎本の心配をしているらしい。

なんか最近、榎本さんの彼女っていうより、オカンみたいやなー……。

須田が、二人にはいっこうに進展の様子がないと噂していたのを思い出して、勇は余計な心配をしながらココアを飲む。

「でも、会議は順調そうですよ」

祐一郎が言った。パーテーションで区切っただけの会議室からは、詳細まではわからないものの、けっこう声がもれ聞こえてくる。時々、笑い声も聞こえるし、会議は盛り上がっている様子だった。

「それならいいんだけど」

桐野がそう言った時、バタンと音を立てて会議室の扉が開く。中から榎本が、興奮気味に飛び出してきた。

「ねえ、聞いて！　今度のドラフレは、モンスターを仲間にできるんだよ！」

開発室の社員たちがざわつく。勇も、祐一郎と顔を見合わせた。祐一郎の顔が、面食らったような顔つきから、みるみる笑顔に変わる。自分もいま、きっとニヤニヤしているだろうと勇は思った。

「榎本さんが気に入ってくれてよかった。また、よろしくお願いします」

　榎本に続いて会議室から出てきた男が、にこやかに言った。プラグドワールドで、ドラフレの企画やシナリオを主に担当してくれている、いわば生みの親のような人だ。

「絶対、面白くなりますよ！」

　子供のように上機嫌な榎本が、彼らを出口まで案内していく。

「おまえら、忙しくなるぞ～」

「モンスターのグラフィック、ぐっと増えそうやなぁ」

　やはり見送りについて行きつつ、堤と須田がみんなに言う。開発室は、たちまち騒がしくなった。

「どうやって仲間にするんだろ」

「モンスターを仲間にできるゲームって、他にないいんじゃない？」

「俺、あれ仲間にしたい。鎧のやつ！」

　そんな、口々に出てくる言葉に、勇の心臓はドキドキし始めた。

　新しいドラフレを、こうやって、これからつくるんや。

　デバッグだけしていた時とは、全然違う。その実感が、椅子に座っているのがもどかしいような、そわそわした気持ちにさせた。

「かわいいモンスターがいるといいな」

「かっこいいのに、面白いの……いろいろいると面白そうやわ」

桐野が言い、祐一郎が答える。はやる気持ちを抑えて、勇は大きくうなずいた。

漆黒の闇の中を、勇の宇宙船は一定の速度で飛んでいく。と、行く手から、敵影が現れた。アルファベットのAとBでできたそれらは、画面上を下へ、下へと、少しずつ近づいてきた。Hの形の宇宙船は、それらを右に左に避け、Tの字のビームで撃退したりする。

それが、勇の初めての習作ゲーム、スペースアルファベットの内容だった。

習作のために須田に絵を描いてもらうわけにいかないから、ありもののアルファベットでつくったが、阪神タイガースにちなんで選んだHとTが気に入っている。

「あれー、うまくいかへん」

敵が編隊を組んで飛んでくるようにプログラムしたつもりが、どうもうまくいっていないようだ。

「……俺のもダメダメや」

祐一郎が言うので、彼の書いたプログラムを見せてもらうと、勇とは別のやり方をしているようだったが、それでもダメらしい。

さんざん、参考書を読んで、これなら、と思っていた二人は、深くため息をついた。

腕を組んで、しばらく沈黙した後、勇は重い口を開いた。

「……行くか」

「……仕方ないな」

祐一郎も、苦々しくうなずいた。

かくなる上は、堤に教えを請うしかない。

堤からは、プログラムの勉強を始めるにあたって、かねてから言われていたことを、あらためて念押しされていた。

「俺、面倒見ないから。まぁ、聞きにくれれば教えてやるけど、基本は放っておくから」

それが堤の言だったのだが、二人が尻込みしているのは決して、その非協力的なセリフゆえではない。むしろ、その逆なのだ。

二人は堤の元へ行き、遠慮がちに声をかけた。

「あのー、堤くん？」

「あぁ？」

勇の呼びかけに、堤は睨み上げるようにこちらに視線を向けてきた。

「えーと、敵に編隊組ませようとしたんだけど、うまくいかなくて」

「ったく、しょうがねぇな」

祐一郎の訴えに、文句を言いながら席を立つ。二人の席へやってきて、まずは勇のソースコードからチェックし始めた。

「マッキーは、どんなプログラム書いたのよ」

「えーと、この本のこれ参考にして」

「あー、間違っちゃいないけど、ここがな、こうなってないと……」

「あっ、そうか！」

堤がキーボードを叩いてコードを書き直していくのを見て、ようやく勇にも間違いがわかる。

「あとマキポン、実はここはもっと短く書けるんだな。どうやったらいいか、考えてみ」

「えっ、うーん……？」

勇がディスプレイに食い入るようにして唸り始めると、堤はその間に祐一郎に声をかけた。

「で、ユッチーは？」

「えっと、ここが……」

「んー、惜しいけどここは違くて……」

堤は、懇切丁寧に、初めに相談した編隊飛行のやり方のみならず、あれこれのテクニック指導をした上、この次のステップで二人がつまづくであろうポイントの注意までしてくれた。

「堤くん、ありがとうございました」

自分の席に戻ろうとする堤に、勇と祐一郎は二人して丁寧に頭を下げる。

「ま、聞かれたら教えてやらないわけにいかねぇからな」

言葉だけはそっけなく、そう言って堤は去っていく。

「僕、堤くんに教えてもらうと家庭教師してもらってる気分になるわ……」

「あの人、忙しいくせに……」

まだ開発は本格的にはなっていないものの、堤は今後の開発において、家の基礎建築にあたるような、重要な仕事をしているのだ。

こそこそとささやき合う二人だが、席の近い須田には聞こえたらしい。彼は、からからと笑った。

「まぁ、まぁ。二人がプログラムできるようになったら仕事も楽になるし、いまは甘えとき」

「そうします」

「がんばります」

勇、祐一郎は決意を新たに、パソコンに向かう。堤のアドバイスのおかげで、その後はずいぶんとはかどった。

須田のデスクまで足を運ぶと、彼は椅子の上であぐらをかいて、作業に没頭しているようだった。

「須田さん、ちょっと」

「お、どうした牧谷くん」

「昨日言ってたモンスターなんやけど……」

プログラムの勉強をすること二カ月。努力の甲斐あって、開発の本格始動にあたり、勇はバトルの演出を任された。須田がモンスターや魔法の絵を描き、勇がそれをプログラムして動かす。半ば、須田と二人三脚のような形だった。

「あー、ちょっと待って、まだ作業してて……」

そんな話をしていると、プルルル、と電話の呼び出し音が鳴った。続いて、ガガガガ、と桐野のデスクに置かれたファックスから紙が吐き出されてくる。

「仕様書届いたよ〜」

「おー、どれどれ」

桐野の言葉に、堤が席を立つ。渡された紙を見た堤は、勇と須田を呼んだ。

「えーと、バトル演出チーム！」

「はい！」

喜んで、勇はすっ飛んでいく。堤が、届いたファックスを見せてくれた。

「合体するモンスターがいます！」

感熱紙には、油性ペンか何かで書いたと思しき太めの字でそうある。それを、勇は大声で読み上げた。

「合体して、強くなるってことだろうな」

「合体しそうなモンスターっておったかなぁ？」

「あれやろ、なんかほら、モチみたいなやつ、小さいのと大きいのとおったやん」

堤、勇、須田と、口々に意見を出し合う。勇が、ぱっと顔を輝かせた。

「そうだ！　あれ、モチマルがぴょんとジャンプして、ばばばば〜って重なって、ぽんと大きいのになるとか」

「おっ、ええやん。そしたら、ジャンプの絵、描いたるわ」

勇の思いつきに、須田がうなずいてくれる。

やった、絶対、面白い演出にしたろ！

勇が意気揚々と仕事に戻ろうとすると、また電話が鳴って、新しいファックスが届いた。

「おー、プラグドさんノッてんなぁ。これは……またバトル演出だな。分身するモンスターがいます」

堤が、すぐ手にとって読み上げた。須田は丸メガネを押し上げて首をかしげる。

「忍者みたいな感じかなぁ？　本物は一人だけ〜みたいな」

「間違ったやつを攻撃したら、あっかんべーして消えたら面白いなぁ。なんか、そんなモンスターおったと思うんやけど」

勇が言うと、須田が自分のデスクから、一枚のデザイン画を持ってきた。毛むくじゃらで人型のモンスターが、長い舌をだらんと出しているデザインだ。

「これ、これ！　この舌、ふだんはなくて、間違ったらベロベロ〜ってやったら」

「あー、それはダメだわ」

勇が夢中でしゃべるのを、須田が止めた。

「これ、有名な先生に描いてもらってる絵やもん。勝手に、こっちで舌なしに変更はできないわ」

「えっ」

思わぬところへ水を差されて、勇は絶句した。

「でも、べろべろばぁしたら、面白いのに」

「いやいや、そういうわけにいかへん」

勇は食い下がるが、須田は取りつく島もない。勇は、助けを求めるように堤を見た。

「ま、バトル演出はスダヤンの担当だしな」

こちらも、つれなく肩をすくめるばかりだ。

「……わかりました！」

勇は、大声でそう言った。そして、大股で自分の席へ戻ると、どっかと椅子に座った。

「須田さんが消してくれないなら、僕がベロ消したるわ！」

勇の宣言に、須田は額を押さえて天を仰ぎ、堤はゲラゲラと笑い出す。

「アホ！　なにムキになってんねん。自分のアイデア使ってもらえないからって」

隣から、祐一郎が耳打ちしたが、勇は自信にあふれて言った。

「そんなことやない。でも、このほうが絶対、面白い」

勇の態度に、須田は苦笑する。

「うーん……まぁ、気が済むならやってみたらええわ」

勇は、手作業でモンスターの絵を全部数字に置き換えて書き直すという、とんでもなく非効率的な手段に出た。他の作業の合間にちまちまとやるので、なかなか進まない。

結局、勇がその作業をやり遂げるまでには、三日も必要だった。

「……どうです？」

朝一番で声をかけ、勇の席に座ってもらい、出来上がった演出を須田に見てもらった。

毛むくじゃらの大男みたいなモンスターに攻撃をすると、長い舌をベロンと出してこちらをバカにし、すっと消える。勇が試作したその演出を、須田はもう、十回、二十回と繰り返し見ている。そして、大きく一つ、ため息をついた。

「はー……仕方ないなぁ。牧谷くん、イラストレーターの先生に怒られたら、一緒にあやまるんやで」

「じゃあ！」

「うん、この演出でいこ」

「やった！」

勇は飛び上がって喜び、横で仕事をしている祐一郎の両手を上げさせ、勝手にハイタッチした。

「まぁ実際、面白いし、メインプログラマーの人がゲームが面白いのが一番とかいうから、仕方ないな」

「えっ、堤くんが」

勇が聞き返すと、須田は笑った。

「昨日、一緒に飲みに行った時な。あやまる時は、堤くんにもあやまってもらお」

勇は堤の方を振り返るが、聞こえているのかどうか、自分の作業に没頭しているふうだ。

「でも、ベロなくして、お腹になにもないのは見栄え悪いから、僕、ちょっとここに胸毛描くわ」

「よろしくお願いします」

自分のデスクに戻っていく須田に頭を下げ、勇も席につく。

「良かったやん」

笑っている祐一郎に、勇は得意満面でピースサインを返した。

通勤ラッシュは過ぎているにもかかわらず、電車の中はなかなかの混み具合だった。同じ車両のどこかで、酔っ払いが上機嫌でしゃべっているのを聞きながら、勇はつり革につかまっている。

「そういえば、そろそろ棺桶つくらなあかんな」

隣の須田がそう言った。

「あっ、そうやなぁ」

「女の子の棺桶は、ピンクにしたらカワイイと思ってんねん」

同意した勇に、須田は言う。やっぱり並んでつり革につかまっている祐一郎が笑った。

「じゃあ、男は青で」

「そう、そう。ピンクと青の棺桶、引きずって歩いて」

ははは、と勇もつられて笑って、はたと、前に座っているＯＬがチラチラこちらを見ていることに気がついた。

あかん、僕ら、不審者や。

棺桶というのはもちろんゲームの話で、仲間が死んだ時に表示するものだが、目の前の彼女はそうは思っていないだろう。

ピンクの棺桶が本当にあったらシュールやもんな……と、須田と二人でトンカチを持って棺桶をつくるところを想像したが、すぐその妄想を振り払う。

「そういえば、明日の打ち上げ、プラグドワールドさんも来るんやっけ」

ＯＬの視線を避けて、勇は話題を変えた。

「うん、全員じゃないけどな」

ずいぶん遅くなったが、明日、ドラフレ2の打ち上げが行われる予定だった。

「この先だとまた忙しくなるし、なかなか予定が合わんから」

そう続けた須田に、祐一郎がちょっと気まずそうな顔をする。

「前作の打ち上げなのに、俺も行ってええんかな」

「平気、平気。社長がいいて言うんやから」

そう話しているうちに、電車が速度を落とし、勇と祐一郎の降車駅に止まった。

「それじゃあ、お疲れさまです」

須田と挨拶を交わして、二人で降りる。何かと便利だからと、祐一郎は勇のアパートから徒歩十分のところに部屋を借りている。

「今日もよく働いたなー！　明日は魔法の演出の残りやって、棺桶の……」

周りを歩いている人たちがいるのを思い出して、勇は声を小さくした。

「……棺桶の相談を須田さんとして。僕、幸せもんやなぁ。こんなに仕事が楽しいなんて」

「まったく、勇はのん気やな。俺はちょっと怖いわ。あんまりトントン拍子で、調子にのるとヘマしそうで」

祐一郎は、呆れてそう言う。

「なに言うてんねん。マップの手伝い、うまくいっとんのやろ」

「まあ、そうやけど」

お気楽に、大丈夫、と勇は根拠のないことを言う。何しろ今回は、自分でゲームをつくっている実感がある。それだけで勇は、スキップでもしたい気分だった。

ドラフレ2の打ち上げは居酒屋の二階の座敷を貸切にして行われ、大いに盛り上がった。

「まさか、本当に牧谷くんと仕事できるとはねぇ」

そう言って笑うのは、勇がゲーム業界への転職を狙ってプラグドワールドに出入りして
いたころ、いつも相手をしてくれていた、あのプロデューサーだ。

「他の子が採用された時、悲壮な顔してたのにねぇ」

「そう、そう。あの時はショックで……」

勇は、もう顔を赤くして、相槌を打っている。あまり酒が得意ではない祐一郎は、その
横でお酌に精を出していた。

「タコわさが来てないぞー！　タコわさー！」

堤たちの飲んでいるほうのテーブルから、大声が聞こえてきた。ぎょっとしてそちらを
見ると、勇の先輩にあたるプログラマーが立ち上がってわめいている。堤はその横で、ゲ
ラゲラ笑っていた。

「うわ、酔っ払いすぎやん、大丈夫ですかこれ」

勇は、慌ててすっ飛んでいく。

「いやー、飲ませすぎちゃった」

「飲ませすぎちゃった、じゃないわ！」

勇が堤に言い返している間に、酔っ払った男は席を立ち、一階へと続く階段のほうへ歩き始めている。

「あの、大丈夫？　トイレ行きます？」

祐一郎も駆けつけて声をかけるが、相手は目が据わり、聞こえている様子がない。

「こんなサービスがなってない店はー、火をつけてやるー！」

見れば、彼はウィスキーのビンを手にしている。みんなが呆気にとられている数秒の間に、階下へ向かって、ウィスキーをぶちまけ始めた。

「やべっ、止めて、止めて！」

さすがに慌てた堤が言い、勇と祐一郎は男に組みついた。

「お、落ち着いて！」

「ウィスキーで火はつかないから！」

「離せーー！」

勇と祐一郎の制止を振り切ろうと、男は暴れる。とにかく、これ以上ウィスキーをぶちまけるのだけは、とビンと取り上げた。そうすると、いくらか落ち着いたのか、男は階段に座り込む。呂律の回らない舌で、何やら文句を言い続けてはいたが。

「あー、びっくりした。お疲れ、マッキー、ユーポン」

堤が水の入ったグラスを持ってきたので飲ませると、しばらくして、男は眠ってしまった。

　そして、懲りない堤は、今度は勇と祐一郎に酒を勧め出す。しこたま飲まされた二人は、打ち上げがお開きになる頃にはもう、足元がおぼつかない有様だ。

「あの人……ザルやな……」

「僕もはじめて知ったわ……」

　うめくような祐一郎の言葉に答えて、二人、支え合うように店を出た。

「二人とも、飲まされたねぇ」

　店の外では、涼しい顔の榎本が、すでに待っていた。

「あれ、社長は飲んでないんや」

「僕はほら、あれだから」

　訝しむ勇に、あれ、と榎本が目線で示したのは、店の前に止めてある赤いオープンカーだ。今日は銀行だのなんだのと外の用事が立て込んでいた榎本は、車でここへ駆けつけたのだった。

「あれ、なんか、フロントガラスに……」

　祐一郎が、よく見ようと目をすがめている。ワイパーに挟まれているそれは、白い紙のようだ。

「ほんとだ」

　榎本が紙片を手に取る。横からのぞき込むと、女の子らしい丸文字が並んでいる。

「なになに、お電話ください、実咲(みさき)」

勇はその文面を読み上げた。お電話ください、と、実咲、の後にそれぞれ、ハートマークがついている。

「おっ、女からか！」

めんどくさい人が来た。

店から出てきた堤に、勇は思う。

「いいじゃん、いいじゃん、電話しようぜ」

「うーん、まぁ、いま彼女もいないし……」

堤が面白がって言うので、榎本までそんなことを言い出す。

「みんなー、忘れ物しないでねー？」

そこへ、まだ店の中で、みんなの世話を焼いているらしい桐野の声が聞こえてきて、これはいかん、と勇は慌てた。

「で、でも、ほら、かわいい女の子かどうかわかんないし！」

「いーや、この字はかわいい女の子の字だね」

「平安時代じゃないんやから！」

勇が堤と言い合っていると、誰かが、がっしと勇の肩をつかんだ。

「俺、気持ち悪い……」

「はぁっ？」

この忙しい時に、祐一郎が口元を押さえて青い顔をしている。

待て、いま社長がとんでもないことを、いや、でも道の真ん中で吐かせるわけにも……！

一瞬の迷いの後、勇は祐一郎を道の脇の目立たない植え込みまで連れていってやるしかなかった。祐一郎がひとしきり吐き、自動販売機で買ったオレンジジュースを飲ませてやって落ち着く頃には、みんなはすっかり解散し、榎本と堤の姿もない。

勇は大きく、ため息をついた。

「祐一郎～、来週、出社したら一波乱あるかもしれん」

「ん～？」

祐一郎は、まだ頭が働いていないようだ。勇は彼に肩を貸しながら、喧騒の中を歩き出した。

ところが、週が明けた月曜日、勇は人の恋路など気にしている場合ではなくなった。

「新チップに対応？」

「そや、これ使ったら、グラフィックの表現力がぐっと上がるねん」

訊ねた勇に、須田が嬉しそうに言う。

ファミコンカセットに内蔵される、新しいチップ。これに、急遽対応することになったらしい。

「そのぶん、納期は伸ばしてもらうから」

「俺はそっちの作業にしばらく集中すっから、俺の仕事、一部はマキポンとユーユーも引き継いでな」

榎本、堤がそう言うなら、勇たちに否やはない。

しかしながら、堤の仕事を引き継ぐというのが、もちろん、そう簡単ではない。

「……ここの処理どうなってるんや」

ソースコードを睨みながら、勇は何度となく、そうつぶやくはめになった。

ゲームプログラムは容量との戦いだ。極限まで短いプログラムにするため、ビジネス向けのプログラムみたいに、他の人が見てもわかるように配慮したつくりはしていない。

堤に聞くのが一番だが、一から十まで聞いているのでは、引き継ぎした意味がない。

「あ、そういうことか！　僕、天才かもしれん！」

さんざん、頭をひねって意味がわかった時には、自分をほめてやりたくもなる。

ただでさえ、ゲーム制作は初めてづくしの勇と祐一郎である。この引き継ぎのこともあって、季節はあっという間に過ぎていった。

引き継ぎが決まった時、秋の涼しさを喜んでいたはずが、気がつくと街路樹は葉を落とし、人々は厚手のコートを着るようになり、そしていつの間にか、桜の季節になっている。

「なぁ、勇」

隣の席から祐一郎に声をかけられた。

「ん、どうした？」

「このオープニングって、このままいくん？」

祐一郎が指差す画面には、真っ黒な背景に、ドラフレ3の頭文字、ＤＦ３の文字だけが浮かんでいる。

「まさか。一応、僕が仮で入れたけど、そこはゲームの顔だから後で堤くんに入れてもらうねん」

「あぁ、そうか」

二人は、忙しそうにしている堤のほうを、チラリと見た。前作からボリュームアップした内容に、勇たちも含めた人員増加で、全体を統括しながら自身の作業も持っている堤は多忙を極めている。

「……忙しくて、このまま製品になっちゃったりして」

「はは、まさか」

勇の冗談に、祐一郎が笑う。

しかしながら、さらに夏がやってくると、さすがにそれが笑いごとではなくなってきた。

「あの、堤くん、オープニングなんやけど……」

勇が声をかけると、バグ対応に追われる堤はがっくりとうなだれた。

「あー……そうだよな、それもやりたいんだけど、まず空きの容量をつくらないとなー……」

おおよそのデータの入れ込みが完了したはいいものの、容量はすでに上限近く、荷物をいっぱいにつめたスーツケースの隙間に、まだビー玉を詰め込むみたいな、ギリギリの状態だ。

「……あかん、オープニング、このままかもしれん」

席に戻って、勇がこそこそと言うと、祐一郎は気の毒そうに堤のほうを見た。

「……まぁ、あれやん。シンプルで、逆にかっこいいかもしれないで？」

「おまえそれ、堤くんに言える？」

「言えへん」

即座に首を横に振る祐一郎に、勇は一発、デコピンを見舞ってやった。


ホームに滑り込んできた、人もまばらな電車に乗り込む。もうすぐ日付が変わろうという時刻の電車内は静かだ。

今日は、祐一郎は先に仕事をあがり、なかなかバグの修正が終わらずにいた勇だけがこの時間まで残業していた。おかげで、気を抜くとすぐあくびが出る。

シートに座り、背負っていたリュックを隣に置くと、勇はもう眠気を抑えられなかった。あっという間にまぶたが落ち、目を覚ましたのは、降車駅のアナウンスを聞いた時だ。

ハッとして飛び起き、電車を降りる。のろのろと歩いて、改札へ向かった。尻ポケットの定期券を出して、改札を通る。

「……あっ！」

気がついて、一気に目が覚め、そしてさあっと血の気が引いた。

リュックがない。

電車に置きっぱなしなのだ。

リュックの中には、家でも少しチェックをしようと思って持ち帰ってきた、会社のロムカセットが入っている。

勇は、改札横の駅員室へ駆けていった。

「あのっ、すみません！」

「はい」

「いまの電車に、忘れ物したんですけど！」

「あー、そうですかぁ」

駅員の対応は、のんびりしている。

「すごく、大事なものなんですけど！」

「えーと、どんなものですか」

「リュックです。黒い」

「黒いリュックねぇ、いっぱい届くんですよねぇ」

勇は必死に食い下がって、忘れ物は終着駅で保管されるだろうこと、そこまで取りに行けば受け取れるはずだということを、教えてもらった。

いまから終着駅まで行っても、帰ってこられない。明日、始発で行くしかない。勇は、今日のところはあきらめて帰らざるを得なかった。部屋のカギがポケットに入れてあったのは、不幸中の幸いだ。

もし、万が一、見つからなかったら、どないしよう。

その晩、布団に入ってから、悪い想像はどんどん勇の頭に浮かんできた。

もし、誰かが持っていって、遊んだりしたら、大変や。

発売前のゲーム内容が外にもれたら、一大事や。

僕、責任とらなあかんかもしれん。

いつだったか、祐一郎のやつ言ってたなぁ。調子に乗ると、ヘマするって。

僕、すぐヘマするからなぁ。この仕事、向いてないかもしれん……。

そんなことを考えていると、ネムキチの勇が、とうとう一睡もできなかった。午前四時にセットしていた目覚まし時計を鳴る前に止めて、出かける準備をする。

始発より早めに駅に着き、駅員に確認してもらうと、昨日の夜、確かに黒いリュックが発見され、終着駅に保管されているらしい。

勇は始発電車に乗りこむと、居眠りしないよう、誰もいない電車内で、つり革につかまって終着駅まで行った。

「あの、黒いリュックを忘れた、牧谷ですけど」

ぼちぼち朝のラッシュが始まる慌ただしい時間帯だったが、勇が駅員に声をかけると快く対応してくれた。

「黒いリュック、昨日見つかったのは、こちらですね」

駅員が出してくれたのは、色も形も、左脇のポケットのファスナーが壊れているところも、間違いなく勇のリュックだった。

「これです、これです！」

飛びついて、中を確認する。そこには、ちゃんとロムカセットが入っている。

よかった。ロムカセット、無事や。

半泣きになっている勇を、駅員はにこにこと見ている。

「よかったですねぇ、見つかって」

「はい、ありがとうございます。僕のクビ、つながりました」

勇は必要書類を書いて駅員に渡すと、そのまま取って返して、会社に向かった。座席には座らず、やっぱりつり革につかまった。

「あっ、やっぱり、開いてないか」

いつもの出社時間より、二時間も早く会社につき、ドアノブに手をかけたが、開かない。まだ鍵がかかったままだ。それもそうかと思い、勇は扉の前にあぐらをかいて、リュックを抱きしめて、人が来るのを待っていた。

「あれっ、牧谷くん？　今日はずいぶん早いね？」

一時間くらい経って、桐野がやってきた。驚きの声に、勇は気まずく、愛想笑いをする。

「えーと、ちょっと、いろいろあって……」

口が裂けても、会社の企業秘密を行方不明にしかけたとは、言えない。

「……僕、今日から調子に乗らずに、がんばります」

「えー？　なぁに、それ」

桐野は鍵を開けながら、くすくすと笑っていた。

榎本が受話器を置いた時、開発室には、わっと拍手が起こった。

「ドラフレ3、マスターアップです」

榎本の言葉を、勇も拍手をしながら聞く。

死屍累々、みんな椅子の上で斜めになっているのは前作の時と同じ光景だ。それなのに、あの時より感慨が大きいのは、やはり今回、初めてプログラマーとして参加したからなのだろう。

「おーおー、よくやったな、おまえら！」

ちょうど堤の近くにいたせいで、勇と祐一郎はぐしゃぐしゃに頭をかき回される。

「堤くん、お疲れ様です！」

いまにも意識を失いそうな眠気の中で、勇は思う。

やっぱり、僕、この仕事向いてるかもしれん。

すぐに調子に乗る勇だが、まあ、その前向きさこそ、この仕事に向いていると言えるのかもしれなかった。

6章　ゲームづくりは騒がしい［祐一郎］

スーパーからアパートへの帰り道、祐一郎は、両手にビニール袋を下げて歩いていた。中には、カップラーメンがいっぱいに詰まっている。

これだけあれば、もし急に仕事が忙しくなっても、しばらくは大丈夫や。

明日からの仕事の再開に向けて、買い出しをしてきたところなのだ。二カ月の休みでたっぷりと英気を養った祐一郎の足取りは軽い。

ふと、本屋の前で足を止めた。店頭の雑誌コーナーにゲーム誌の最新号が並んでいる。

あ、ドラフレ3載ってるんや。買っていったら、みんな喜ぶかな？

ドラフレ3は、三週間ほど前に無事発売し、人気を博している。

祐一郎はかさばる荷物をなんとか片腕に移し、雑誌を手に取った。

しかしながら、人間、考えることは同じである。

翌朝、雑誌を手に出社した祐一郎が目にしたのは、同じものを手にしている桐野だった。

「神田くん、おはよう」

「おはようございます。桐野さんも、同じ雑誌買ってたんや」

「そう、みんな、喜ぶと思って。でも……」

桐野は言いながら、堤のほうを見た。

意外にも綺麗好きらしい堤は、濡れ雑巾で二カ月分の机のほこりをぬぐっていた手を止め、じっとりと祐一郎たちを見た。

「別に、文句ねぇよ？　今作もベタぼめしてくれてるし、悪い気はしねぇよ？」

「えぇ……全然そんな言い方違うけど」

祐一郎が言うと、桐野が苦笑した。

「オープニングのことをね、ストイックさにシビれるってほめてくれれてて、それが悔しいみたい」

祐一郎にも、合点がいった。オープニングは、結局、勇が仮実装したものがそのまま製品になってしまったのだ。

「まぁ、ダサいって言われるよりは……」

「わかってるって。でも、次回作は絶対、最初にオープニングからつくる」

なだめるように言う祐一郎に、堤が宣言したところで、入り口のドアが音を立てて開いた。

「おはようございまーす！」

元気良く、そして荒い息をして入ってきたのは、また寝坊して走ってきたらしい、勇の姿だ。

「あ、その雑誌、祐一郎も買ったんや！」

嬉しそうに言う勇は、いそいそとリュックから同じ雑誌を取り出して見せた。

「ったく、みんな、そろいもそろってよー。いいけどね別に、気にしてねーけど」

ぶつぶつと言っている堤に、祐一郎と桐野は顔を見合わせて苦笑するしかない。そんな様子に気づかない勇だけが、その雑誌でドラフレ3がどんなふうにほめられているか、楽しげにしゃべり続けていた。

ドラフレ4の開発は、スーパーファミコンでつくることが決まったため、祐一郎と勇は、またこの新しいハードでのプログラミングについて、研究するところから仕事を始めなければならなかった。

「祐一郎、これなんやけど……」

勇が話しかけてきた時、電話が鳴った。

「あ、出るわ」

言って、祐一郎は受話器を取る。

「はい、トンテンカンパニーです」

初めは変な名前だと思ったこの社名も言い慣れたものだ。

『もしもし、ミサキですけど』

声は、若い女性のものだった。

こんな人、プラグドワールドさんにいたかな?

祐一郎はいぶかしむ。

「ええと、どちらのミサキ様ですか?」

『社長の彼女のミサキです。堤さん、いらっしゃいます?』

「えっ、あの、はい」

予想外の言葉に面食らいながらも、電話を保留にし、堤に声をかけた。

「堤くん、あの、ミサキさんて方から電話」

「ミサキさん?」

「あの、社長の……」

祐一郎がそこまで言うと、誰のことだか思い当たったらしい。堤は慌てた様子で受話器を取った。

「あー、はいはい、ミサキちゃんね」

そのやりとりを見ていた勇が、こそこそと話しかけてきた。

「ミサキさんて……」

「社長の彼女やって」

祐一郎の答えに、勇は大きくため息をついた。

「実るに咲くのミサキさんや……」

「なんやそれ」

祐一郎が聞くと、以前、会社で飲み会があった時、大胆にも社長の車に電話番号を残していった女性に違いないという。

「へぇ、積極的やなぁ」

「やっぱり、付き合うことになったんや……」

勇はなぜかうなだれて、チラチラと書類仕事に没頭している桐野のほうを見ている。

「ユーポン、ちょっと」

通話を終えたらしい堤が、祐一郎の肩を叩いた。

「え、なに？」

「いいから、いいから」

用件を教えてもらえないまま、祐一郎は給湯室まで連れていかれた。

「おまえさ、半休使って、この後ちょっと付き合ってくんない？」

「えっ、なんで……」

「実咲ちゃんが、社長への誕生日プレゼント運ぶの手伝ってほしいって言うからさぁ」

「えぇ……僕、関係ないのに……」

思わず、顔をしかめる。

「そうだけど、将来、社長夫人になるかもしれないですよ、なんて言われちゃうとさぁ……」

「社長夫人……」

榎本が、社長の肩書きをプライベートに持ち込むとは思えなかったが、そう言われると、従わなければならない気がしてしまう祐一郎である。

「な、電話とったよしみで、ちょっと手伝えって」

そう言う堤に説得されて、祐一郎は結局、早退して実咲ちゃんを手伝うことになった。

聞けば、彼女は電気屋でオーディオセットを買ったものの、自分では運ぶことができず、立ち往生しているという。

二人は大急ぎで、電気屋へ向かった。

「堤さん、助かりましたぁ。この箱、うちの車まで運んでくださる?」

待っていたのは、小花柄の膝丈ワンピースを着た、お嬢様然とした女性と、初老の男だった。

なんや、イメージと違うなぁ。

勇から聞いた話や、ここまでのやり取りから、そう思う。

祐一郎は堤と二人、腰の高さほどもある大きな段ボール箱を抱え上げた。箱には、高級オーディオ機器メーカーの名前が書いてある。それでこのサイズとなると、いったいどれぐらいの値段になるのか。祐一郎の手に、知らず力が入る。

「さ、二人も乗って? 家に着いたら、車から私の部屋まで運ぶのもお願いしたいの」

車まで運ぶと、今度はそう言われ、彼女のお付き兼運転手らしい、初老の男の運転する車に乗り込んだ。

「しかし、驚いたなー。実咲ちゃん、会社まで電話してくるんだもん」

ともすれば、苦言めいて聞こえるセリフを、堤が言う。

「だって、英治くんのことだもの。英治くんの会社の人に頼むのが一番いいと思って」

「ははは、そうだネ!」

軽薄な響きで、堤は答えた。仕事では職人的な硬派さを見せる堤が、かたなしである。

車が立派な門扉と玄関ポーチのあるお屋敷に着くと、祐一郎と堤は、オーディオセットの箱を二階の部屋まで運ぶよう言われた。

「そっち持って、上がるぞ」

「待って、速い、速い」

声をかけ合いながら、運んでいく。

嫌やなぁ、こんな高級品、落としたらえらいことや。

しかも、お屋敷もすごいし。

なんで社長がこんないいとこのお嬢さんとつき合ってるんやろ。

しかも、なんで俺がそのプレゼント運んでるんやろ……？

もう、意味わからん。

つらつらと、緊張で回転の鈍い頭で考える。……と、頭が混乱してきた祐一郎は、うっかり、手を滑らせた。

「あっ」

ゴツッと音がした。二階への階段を上りきったところでバランスを崩し、箱の角が床に落ちたのだ。祐一郎は顔を青くして、箱を抱え直した。

「すみません！」

慌ててみると、箱は角がへこんでいるし、板張りの床にもキズがついている。

「あら、いいのよ。大丈夫？」

「いや、でも、キズが……」

「いいの、いいの。それより、あっちの部屋までお願いできるかなぁ？」

実咲ちゃんはさして気にするふうもなく、荷物運びを続行させた。

いいのって、誕生日プレゼント、いまので壊れたかもしれないのに……？

さらに混乱して、しかしもう絶対に落とさないよう手元だけは細心の注意を払って、祐一郎は荷物を運び終えた。弁償になったらどうしよう、と思い至ってビクつく祐一郎だったが、実咲ちゃんはオーディオセットの無事を確かめるでもなく、とにかく、荷物を運び終えたことに満足したようだった。

「ありがとう、助かっちゃった。プレゼントのことはぁ、英治くんにはナイショにしてね？」

そう礼を言われて、二人は帰された。高級住宅街を、とぼとぼと歩いて帰りながら、祐一郎はどっと疲れた思いだ。隣で、堤も大きくため息をついている。

「はー、やれやれ。実咲ちゃん、ちょっと変わった子だなー」

「堤くん、そうだネ、とか言っちゃって。そうだネ、ってなんやの、そうだネ、って」

「だってさぁ、嫌味が通じねぇんだもん、全然」

うらみがましい祐一郎に、堤は肩をすくめる。祐一郎も、ため息をついた。

「変わった人やったな……」

「社長、あぁ見えて来るもの拒まずだからな」

「……プレゼント、壊れてたら、社長怒るかな」

「さぁなぁ。……あー、変なことにつき合わせて悪かったって。元気出せよ、ユッチー」

悄然とした祐一郎の様子に気がとがめたか、堤はぽんぽんと祐一郎の背を叩いた。

「前から気になってたんやけど、なんで俺だけ名前があだ名なんや……」

「だって神田ってあだ名にしづらいんだもん。細かいこと気にすんな。だから彼女できねぇんだぞ」

「大きなお世話ですよ！」

思わず、腹を立てて文句を言う。そうすると、いくらか気分がスッキリしたような気もするのだった。


仕事に集中していた祐一郎は、声をかけられて初めて、もう時刻が午後十時を回っていることに気がついた。

「神田さん、お疲れ様ッス」

「あれ、もう夜組が出てくる時間か」

近頃、トンテンカンパニーでは、また続々と人を増やしている。増やしているのはいいが、開発機材の増設が間に合わず、昼組と夜組とに人を分け、同じパソコンを使い分けている状態だった。

「ごめんな、いま、空けるから」

「はい、大丈夫ッス」

祐一郎とパソコンを共用している彼は、高西和樹（たかにしかずき）という男だ。背が高く、ガタイのいい見た目のわりに、パソコンを自作するのが趣味のインドア派なのだそうである。

「お疲れ〜」

祐一郎が帰り支度をしていると、入り口のドアから、堤もやってきた。

「あれ、堤くん、帰ったんじゃ……」

一緒に隣で帰り仕度を始めていた勇が、驚いて声をかける。午後七時頃に定時で帰ったのを、祐一郎も覚えている。

「だって、俺、夜の部も働いてるもん。おまえら、最近残業してなかったから知らないだろうけど」

「えっ」

勇も祐一郎も、驚いて声をあげる。

「メインプログラマーなしに夜組の作業できないからって、社長がさ～」

ボヤく堤に、デスクで仕事をしていた榎本が苦笑した。

「ごめん、ごめん。機材がそろうまでだから」

「ったく、人使いが荒いよなぁ、も～」

そんなやりとりの横で、高西がすまなそうに肩を落とす。

「スンマセン、俺がもっと使い物になればいいんですけど……」

そう言う高西に、みんなそろって首を横に振った。

「入ったばかりの高西くんが気にしなくていいんだよ！」

「そうだぞ、こいつらだって俺なしじゃ仕事できねぇんだから」

勇と堤に言われて、高西は恐縮しきりだった。

「あれ、でも、すぐまた出社するのに、わざわざ家に帰ったんですか」

ふと疑問に思って、祐一郎が聞く。

「いや、風呂屋」

「へぇ、会社の近くに銭湯なんてあったんや」

「バカ、ソープだよ」

勘違いに、祐一郎は恥ずかしい思いをする。

「堤くん、本当にお風呂代わりに行って、女の子のサービス受けずに帰ってくるんだもんね」

にやにやと言う榎本に、堤は肩をすくめた。

「いやー、元気があれば別だけど、毎日はちょっと無理だわ」

そんな話をしていると、桐野の他、グラフィックやサウンドに少数ながら在籍している女性社員たちが、白い目を向けてくる。

それに気づいた祐一郎は、そそくさと、荷物を詰め終えたショルダーバッグを肩にかけた。

「それじゃ、お疲れさまでーす」

勇と二人、逃げるように会社を後にする。

「知らなかったなぁ、堤くんが夜も働いてるなんて」

「そうやな」

「でも、ソープ通いが彼女さんにバレたら、また喧嘩やな」

「そうやろな」

勇の言葉に、祐一郎は相槌を打つ。

堤には、もう二年ほどもつき合っている彼女がいるらしい。それを思って、祐一郎は渋い顔をした。

「あんなんなのに、なぜか女の人にはモテるからな、あの人」

「まぁ、かっこいいし」

勇の答えに、憮然とする。世の中は理不尽だった。


渋谷に行こうと言い出したのは、勇だった。雑誌に載っているラーメン屋特集で、十位の店があるのだという。

「十位の店って、微妙やな、なんか」

「十位の店から、だんだん、上のランクの店に行こうと思って」

坂道を歩きながらボヤいた祐一郎に、勇は言った。

「相変わらず好きやな、そういうの」

勇の場合、特別にラーメンが好きなわけでもなさそうだ。知らない場所へ出かけていくこと、それ自体が好きな節があった。

「えぇと、ここを右に……」

勇がそう言った時、後ろから派手めのエンジン音が聞こえてきて、なぜか祐一郎たちの近くで止まった。見れば、横に大きなバイクが停車している。

「よっ」

フルフェイスヘルメットのライダーが、馴れ馴れしく言った。祐一郎は、勇と顔を見合わせる。

「マッキー、ユーユー、なにしてんの」

ヘルメットのシールドを上げると、それは堤だった。

「僕らは、ちょっと昼メシ食べに……堤くんこそ」

勇がしげしげバイクを見ているので、祐一郎が答えた。

「俺もこれから、社長と昼メシなんだわ。ちょうどいいや、一緒にくる？」

祐一郎と勇は再度、顔を見合わせて、うなずいた。

「行きます！」

「お邪魔でなければ……」

勇、祐一郎が答えると、堤はバイクを置いてくるから待っていろと言う。そして、また派手なエンジン音をさせて去っていった。

「はー、でかいバイク、かっこいいな」

勇が感心して言うのに、祐一郎もうなずいた。

ほどなくして戻って来た堤に連れていかれたのは、小洒落たイタリアンの店だった。奥の半個室のような席へ通されると、そこにはすでに、榎本が来ている。

「あれ、牧谷くんに神田くん」

「そこで会ったからさ。かまわないよな」

「もちろん、堤くんが良ければ」

そのやりとりに、おや、と祐一郎は思う。その言いようと、わざわざ休日に会っていることを考えると、けっこう重要な話をする席なのかもしれない。しかしながら、榎本は快く席をすすめてくれた。

「ここねぇ、ポルチーニがおいしいんだよ」

「ポルチーニ？」

「きのこだよ、きのこ」

あいさつして席に着くと、榎本がそう言うので、祐一郎はポルチーニ茸のパスタを頼むことにする。みんな、一杯だけということでワインも頼んだ。

ラーメンが、ワインにパスタか。急に洒落た感じになったな。

これがモテる男の店選びか……なんて、普段は一緒に出前だの定食だの食べているのに、妙に感心する。

「それで、どう？　最近入った人たちは」

いくらか世間話をしたところで、榎本が言った。

「いやー、高西が物覚え悪くてなぁ。俺がやめるまでにはなんとかモノになるかなぁ」

堤の言葉に、祐一郎も勇もぎょっとした。

「えっ、堤くん、やめるの」

「あぁ、今回の仕事が終わったらな」

勇の問いに、堤はあっさりうなずく。

「ずっと、独立したいって言ってたからね」

榎本がそう言った。起業のための退職なのだ。

「おまえらも一緒にくるか」

「え～？　僕は、やっとこれから企画もやらせてもらえるとこやしなぁ」

堤の冗談めかした言葉に、勇が笑った。

「なんだよ、つまんねぇなぁ。じゃあユッチー来い。課長にしてやる、課長に」

「課長になんかされたら、困るわ」

祐一郎も苦笑する、そのやりとりを見て、榎本は笑う。

「二人とも連れていかれるのは困るなぁ」

そう言う声音は、朗らかだ。

こんな円満に、独立起業できるもんなんや。

不思議な思いで、祐一郎は二人を見た。起業なんて考えたこともないが、同じ目標を掲げた二人だからこそ、通じるものもあるのかもしれない。

「で、その前にいまのプロジェクトなんだけど」

「そう、そう。だから、プログラムのほう、ちょっと遅れそうでさぁ」

「スケジュール見直して、堤くんの都合も合わせて考えると……」

榎本、堤の間ではそんなやり取りが始まった。今日の食事は、起業へ向けてのすり合わせのためのものだったらしい。祐一郎は、大変なところに居合わせたなぁと思いながら、パスタをフォークに巻いていく。榎本はともかく、堤まで経営者の顔をしているのは、どうも妙な気分だった。

コーヒーでも飲もうと給湯室を訪れると、壁際にしゃがみ込んで、頭を抱えている堤がいた。

「うわっ、びっくりした」

思わず声をあげると、うらみがましそうに見上げてくる。

「ユーユー……お疲れ……」

見たことのない落ち込みぶりで、目の下には隈ができている。

「堤くん、なんかあったん」

「それがさー、ユミリンがさー」

ユミリンは、堤の彼女だ。本名は知らない。ただ、ユミリンのことは堤もころころあだ名を変えずに、ずっとユミリンと呼んでいる。

「すっげー怒ってて、電話しても出ねーし、家行ってもドア開けてくんないのよ……」

「なんだ、いつものことやん」

ユミリンと堤は、数度にわたる堤の浮気のたびに、喧嘩をして、仲直りするということを繰り返している。その話は、ユミリンのノロケ話とセットでよく飲み会の話題になるので、会社中が知っていた。

「いや、今回はほんとやばいんだって……いままで、謝ったら許してくれてたのに……」

「なにがあったん。起業のことでモメたとか……？」

さすがに心配になって、祐一郎は訊ねた。

「それがな、話すと長くなるんだけどさ……」

言いながら、堤はちょいちょい、と手招きする。仕方がないので、祐一郎も壁際まで行って、しゃがみ込んだ。

「この前、キャバクラでさ……」

あ、嫌な予感してきたわ。

しゃがんだそばから、もう、親身に話を聞こうとしたのを後悔する。

「ちょうど、馬券持ってたのよ、場外で買ったやつ。当たってたんだけど、でもまぁ、引き換えにいくのもめんどくせぇなと思って、女の子にあげたんだよ」

「えぇ……」

堤のもらっている給料を考えれば、馬券の当たりなど、まあことさら執着するものではないのかもしれない。しかし、それにしたって横着な、と祐一郎は呆れた。

「うん、まぁ、わかる。おまえの言いたいことはわかる」

「うん」

「でもな、翌朝、酒が抜けて気づいたのよ、俺が買ったの、三連複じゃなくて三連単だったな……って」

「えっ」

「あたり、二百七十万くらいだったわ」

「えぇー！　なにやってるん」

他人事ながら、つい大声を出す祐一郎である。

「いやー、どうりで女の子がすっげー喜んでんなと思ったよな」

堤は、まいった、まいった、なんて言っている。

「で、それがユミリンにバレちゃったんですか」

「そう。友達と話してたの聞いてたみたいでさぁ」

祐一郎は、冷たく堤を見やった。

「純度百パーセントの自業自得やん」

「そうだけどさ〜、浮気じゃないんだし、あんなに怒らなくても……」

そこへ、須田が給湯室へ入ってきた。

「うわっ、びっくりした。なにしてんの」

助かったとばかりに、祐一郎は立ち上がる。

「堤くん、ユミリンにフラれたらしくて」

「えー、とうとう?」

「フラれてねぇよ、まだ!」

興味を示した須田に堤の相手を任せて、祐一郎はコーヒーを注いで給湯室を出た。

まったく、この間、ちょっと見直したらこれや。

カップから立ち上るコーヒーの匂いをかぎながら、祐一郎は思うのだった。


祐一郎が仕事をする後ろで、堤が高西の仕事を見てやっている。近頃、機材が揃って、昼組と夜組のローテーション制が廃止され、高西も祐一郎と同じ時間帯に仕事をするようになった。

「だから、違うって。そこの処理はさ……」

「はい」

そんなやりとりと一緒に、ギシギシと椅子のきしむ音が聞こえている。祐一郎が後ろを振り返ってみると、ガタイのいい高西の体を、堤が登っているところだった。靴を脱いだ足を椅子にかけ、そこから肩へとよじ登り……あっという間に、肩車みたいな格好になる。

「そうそう、で、ここも同じ構文使って……」

「はい」

「あっ、違う、違う、しょうがねぇなー」

何事もないような会話をしながら、堤は高西の頭の上からパソコンの画面を指差している。

気ィ散る！

祐一郎は、つい後ろを振り返っては、パソコンに向き直るということを繰り返していた。いっそ、なにやってるん、と声をかけてしまいたいのだが、話の内容だけは真面目に仕事の話をしているので、それもはばかられる。

その時、ガシャンと陶器の割れる音が響いて、祐一郎はまた振り返った。

「なんだ、なんだ。ユーポン、ちょっと見てこいよ」

肩車のまま、給湯室のほうを見て堤が言う。

「はぁ」

まぁ、どうせ気が散って仕方がなかったし。

そう思って、祐一郎は言われた通り、給湯室の様子を見にいく。

給湯室には、しゃがみ込んで頭をかきむしっている男と、それをなだめる須田の姿があった。足元に、割れた茶碗が散らばっている。

「もうお茶漬け飽きたんですよぉ……彼女のハンバーグが食べたい！」

「あーあぁ、だからって、せっかく買った伊万里、割ることないのに。今度の日曜は休みにできるから、な？」

そう諭す須田の言葉に割れた茶碗を見てみると、青い釉薬で手描きの細かな模様のつけられたそれは、確かに男が最近、骨董屋で買ったと自慢していたものだ。

「もったいない……三十万の伊万里……」

「三十万の茶碗で食べるメシはうまいって喜んでたのに……」

祐一郎と同じように野次馬に駆けつけた連中が、ぼそぼそと言う。

「ちょっと、外連れてってやって」

もはや泣きじゃくっている男を、須田が野次馬の一人に任せた。子供みたいに背中をぽんぽんと叩かれながら、給湯室を出て、出入り口のほうへ連れられていく。

「あとは僕、やっとくから」

「あ、ちりとり持ってきます」

須田の言葉にハッとなって、祐一郎は開発室の片隅に置いてあるほうきとちりとりを取りに走った。

掃除道具を持って戻ると、野次馬たちは去り、須田が大きい破片をつまんではビニール袋に放り込んでいる。

「お、神田くん、ありがとう」

残りの細かい破片を掃いてまとめながら、これが三十万もするなんてわからないな、なんて祐一郎は思った。

「彼女と喧嘩でもしたんですかね」

「いやいや、仕事がね」

祐一郎が言うと、須田は苦笑いした。

「まあ、ここのところ忙しかったたっていうのもあるし……今回、長いからなぁ」

それは、祐一郎にもわからないではなかった。

前作は制作に一年をかけたのに対して、今作はもう、つくり始めてから一年半が経とうとしている。それでもまだ、終わりが見えてこない。

「この仕事、本当に終わるんかーなんて、不安になるのも仕方ないわ」

「はぁ」

片付け終わって、肩車で仕事をしている連中に、なんと言って伝えるべきかと思いながら祐一郎が席へ戻ると、堤はやっぱりまだ肩車をしていて、しかしながら、ことの詳細を聞いてはこなかった。

「おっ、お疲れ！」

そう言った堤が、高いところからぽんと一つ頭を叩いてよこしたので、祐一郎も、やめてくださいよー、とだけ返した。

伝票の金額を見て、いち、じゅう、ひゃく……と、祐一郎は三回も桁を数え直した。

「十三万円……」

「はい、十三万円になります」

店員は、こともなげに答える。

「えぇ、そんなはずないでしょ、だって僕ら、そんなに飲んでないですよ」

「はい、ですが当店、チャージ制になっておりまして……」

勇が食い下がるが、店員は動じる様子もない。さりげなく近寄ってきた、厳ついスーツの男が目に入った。

この店、ぼったくりや。

祐一郎は焦った。勇は、厳つい男に気づいているのかどうか、まだ店員にあれこれ言っている。

「勇、いいよ。払おうよ」

「でも」

「いいから」

クレジットカードを出して会計を済ませ、逃げるように店を後にした。

「言ったら、せめてもっと安くなったかもしれないのに」

勇はくやしそうにぶちぶちと言っている。祐一郎だってくやしい。でも、ああいう店はヤクザが絡んでいるに決まっているのだ。

せっかく新宿で仕事をしているんだし、たまには歌舞伎町で食事してみようなんて言って、雰囲気のいいバーですよなんて声をかけてきた客引きについていったのがいけなかった。

　かっこ悪いな……。

そう思って、落ち込む。

それなのに、この失敗談は翌日の夕方にはもう、会社のみんなの知るところとなった。

勇が、面白おかしくみんなに話してしまったからだ。

「それでもう、こんな、こんなガタイのいい黒スーツが出てきて、こっち見てて」

「ひえぇ、こわいッスね。牧谷さん、無事に帰ってこられて良かったですよ」

自分もガタイだけはいいくせに、高西の反応は素朴だ。

「いーや、俺は見損なったね。そこで大人しく言われた額払ってくるなよ」

堤は、特にガタイがよくもないのに強気だ。ついムッとして、祐一郎は言い返した。

「だって、ああいうのはヤクザが……」

「ああいうのはガツンと強気に出ればあっちも譲歩するんだって。よし、俺が見本見せてやる」

「は?」

「おまえら、どこの店か教えろ。俺が行って、こらしめてやる」

「はぁ?」

思わず、祐一郎の声が高くなった。

「あっ、面白そう！　僕も行こう！」

あろうことか、のってきたのは榎本である。

「小夜子さん、喧嘩で壊すといけないから、腕時計あずかってくれる？」

「いいけど、喧嘩にならないようにしてよ。榎本くん弱いんだから」

なんていうやり取りを、桐野とやっている。

「ちょっと横道入ったとこの、地下の……」

勇が目を輝かせて場所を説明するものだから、いまから行こう、すぐ行こうと、三人は会社を意気揚々と出ていく。

「なにやってんだ、いくぞ、ユッチー」

堤に呼ばれて、祐一郎も仕方なしについていった。

夕方の歌舞伎町は、まだ開いていない店も多いにもかかわらず、人で賑わっている。

「えーと、こっちだったかな」

「いや、もうちょっと先だったような」

夜と昼では、街の様子も違う。祐一郎と勇は、あっという間に道に迷った。

「しょうがねぇなー。とにかく、地下の店なんだろ。手分けして、地下の店探すぞ」

祐一郎と堤、勇と榎本の二手に分かれて、店を探すことにする。

「よし、復讐だー！」

「復讐だー！」

ぼったくり店への仕返しそのものよりも、歌舞伎町をしらみつぶしに歩き回る、そのこと自体が楽しくなっているに違いない勇と、妙に元気な榎本が声をかけ合って、走り出していく。

　祐一郎も、堤について店を探し始めた。

「あ、あそこだ、あそこは地下のバーだぞ」

「いや、あんなバラのついたロゴマークじゃなかったです」

　夜まで探し回ったが、結局、問題の店は見つからない。断片的な記憶からたった一軒の店を見つけるのは、祐一郎たちがつくっているダンジョンよりも難易度が高いのだった。

「すごいわ。僕、三軒もオカマバー見つけちゃった」

　店を探すのをあきらめて合流すると、勇は別の達成感でほくほくしている。

「俺は足が棒だよ。ここのところずっと座り仕事だったのにこんな歩き回って」

　祐一郎がボヤくと、榎本がうなずいた。

「本当にね。あー、でも楽しかった」

「社長までついてこなくてもよかったのに……」

　祐一郎が言うと、榎本は笑う。

「だってほら、堤くんがいなくなったら、こんなバカやる人いなくなっちゃうからね。いまのうちにやっとかないと」

「嘘つけ。変人なら会社にいっぱいいるだろ」

「いやいや、堤くんみたいなのは、なかなか」

　そのやり取りを聞いて、祐一郎は少ししんみりした。開発期間が長引いて、飽きた、早く完成させたいなんて声もスタッフからは聞こえてくるが、いまつくっているドラフレ4

が終わったら、堤はトンテンカンパニーを出ていく。

「堤くん、本当に起業するんや」

思わず、そう言っていた。

「おう。真面目な話、ユーポンも来いよ。面白いぞー。うちからハネっかえりばっかりスカウトしてるから」

そう言って堤が挙げた名前は、確かに、いまの仕事に不満のありそうな面々が多く、あの伊万里の茶碗を割った男も入っていた。

「ええ、大丈夫なん？」

勇が聞くと、堤はひらひらと手を振る。

「あいつら、俺ぐらい適当なやつが上司のほうが性に合うんだよ。でもそれだけだと面白くないからさ、ユーポンみたいに俺に文句ばっかり言ってる奴、欲しいんだよなぁ」

「ええ、意味わからん。なんで俺が堤くんの文句要員で転職するん」

思わず、また文句を言ってしまう。

「いいなぁ。起業の時って楽しいよ。うちはまた新しい楽しみが待ってるからそれもいいけど」

「新しい楽しみ？」

榎本の言葉に、勇が首をかしげた。

「そろそろ、プラグドワールドさんの企画じゃなくて、うちのオリジナルの企画でゲームつくろうと思って」

「オリジナルのゲーム！」

勇の顔がぱっと明るくなった。そうなれば、勇は本格的に、念願だった企画を担当することになる。

そういえば、俺にはそういうの、ないな。

祐一郎は、勇の喜ぶ顔を見ながら思った。もともと、ゲームは好きでも、仕事にしたかったわけではない。ただ、巡り合わせが良くて入ったから、この会社で次に何をしたいという強い希望も、特に思いつかないのだった。

「なぁ、ユーポンはうち来いって。俺の集めた奴らだから面白いぞ」

新しいゲームをどんなゲームにするかで盛り上がり始めた勇と榎本を尻目に、堤が肩を組んできて、それがもう、完全に横暴な先輩のノリである。

「うーん……いいですよ」

「まあ、そう言わずに考えてみろって……えっ、いいの？」

「すごい、めちゃくちゃそうだけど、面白そうなんで、いいですよ」

勇が、こちらを見て目を丸くした。

「ええ、祐一郎が、面白そうなんて理由で重大な決断するの、初めて見たわ」

「トンテンカンパニー入った時もそんなもんだった気がするけど……」

「いや、あん時はおまえ、ゲームはパチンコと違って人を幸せにするとか、かっこいいこと言ってた」

「そうだっけ」

堤の適当さが、少し移ったかもしれない、と祐一郎は思う。

「よしよし、じゃあユーポンはオレんとこな。まだ社名決まってないけど」

「はやく決めろって言ってるのに」

念押しする堤に、榎本が茶々を入れるように言った。

四人は賑やかに、ネオンの灯った街を歩いていく。若い、私服の四人は、会社の上司と部下にはとても見えなかった。


段ボール箱を抱えて電車に乗っている祐一郎を、車内の人たちがちらちらと見ている。恥ずかしかったが、たった数駅のことだからと、素知らぬふりで、祐一郎は座席に座っていた。

「仕事、いつ始まるんだっけ」

横で、大きなトートバッグに詰めた荷物を抱えている勇が言った。

「トンテンカンパニーの有給を消化してからだから、勇たちより少し後かな」

「そうか」

およそ二年に渡ったドラフレ４の開発が終わり、休みに入って一週間。今日、祐一郎は会社に置いてあった自分の私物を引き取りに行ってきた。コップやら、夜食のための食器やら、私物の本に置きっ放しだった上着と、意外に荷物が多くて、持っていったトートバッグに収まりきらなかったので、こうして段ボール箱を抱えている。

「しかし、祐一郎、本当に引っ越ししなくていいんか？」

「うん。勇の家と近いほうが、便利なこともあるだろうし」

新しい会社は、いまより少し遠くなるらしい。それでも、祐一郎は勇のアパートと近い、いまの部屋に住み続ける予定だった。

「一緒にゲームつくるのも楽しかったけど、祐一郎がつくったゲームで遊ぶのも楽しそうやな」

「そうだな。でも、堤くんて、あんなんでちゃんと社長できるんかな」

いまさらになって不安になって、ふとそんなことを口にする。

「大丈夫やろ。榎本社長直伝だし」

「そうか」

勇が言うとそんな気もしてきて、うなずく。不安でもあるが、やっぱり、わくわくもするのだった。

7章　一目惚れは雷のように［勇］

勇は、ノートに書きなぐった字を見ながら、うーんと唸った。

「これまで出た意見をまとめると……えっと……ドラフレみたいなＲＰＧで……」

「うん、ＲＰＧならノウハウもあるしね」

榎本がうなずく。

「それから、シムシティみたいに街が育つゲームで……」

「ＲＰＧとうまく絡めたら、面白いやろな」

須田が相槌を打った。

「で、ポピュラスみたいに人口が増えたり減ったりする」

会議室に集まった他の面々も、うんうん、とうなずいている。勇たちはいま、トンテンカンパニーのオリジナルタイトルとして開発する次回作の企画会議の真っ最中なのだった。

「でもこれ、なにをやったら人口が増減することにする？」

「やっぱり、街を発展させて……」

「でもベースをＲＰＧにするってなるとさ……」

やりたいこと、やったら面白そうなアイデアはあれこれ出てくるものの、夢が広がれば広がるだけ、それをまとめるのは難しくなっていく。会議は盛り上がるものの、堂々巡りを繰り返していた。

「時間も時間だし、昼休憩にしようか」

なかなか進まない話し合いを、榎本が止めた。まだ話し足りない様子ながらも、みんな、ばらばらと会議室を出ていく。

「牧谷くん、カツ丼でもどう?」

「あ、いいね」

榎本の誘いに、勇はうなずいた。話している最中は気づかなかったが、お腹がぺこぺこに減っている。

二人は会社からほど近い、カツ丼屋を訪れた。カウンター席に並んで座って、注文を済ませる。

「話、なかなかまとまらないなぁ」

「そうだね。みんな、気合が入ってるから」

勇はお冷を一口飲んで言い、榎本が答えた。

いま、勇以外の社員のほとんどが、プラグドワールドから請けた、パソコンゲームの移植作業をやっている。勇だけが新規プロジェクト専任のスタッフとして動いていて、夢のようなアイデアの飛び交う会議は楽しいのだが、そろそろ焦れるような気もしていた。

祐一郎は、きっと堤くんの会社でバリバリがんばってるのになぁ。

料理がくるのを待ちながら、そんなふうに思う。

しばらくするとカツ丼が運ばれてきた。箸を割りながら、榎本が口を開く。

「実は、いま話し合ってるのとは別に、やってみたいなぁって思ってるゲームがあって、牧谷くんの意見を聞きたいんだけど」

「やってみたいゲーム？」

カツ丼に手をつけながら、聞き返した。

「前に、テキストだけのアドベンチャーゲームで、殺人事件の犯人を探すやつがあってさ。文字を読んで、自分でいろいろ想像するから、いまでも印象的なシーンとかあって、すごく面白いんだけど」

そこまでしゃべって、榎本はカツにかぶりついた。

「へぇ」

まだピンと来ないながら、勇は相槌を打つ。

「それで、それに音をつけられたら、って思うんだよね。スーパーファミコンはグラフィックがきれいになって、そればっかり注目されがちなんだけど、音もすごくよくて」

そこまで聞くと合点がいって、勇はぱっと目を輝かせた。

「盛り上がるところで盛り上がる音楽鳴ったり、悲しいところで悲しい音楽が鳴ったり？」

「そう、そう。サンプリングした音とかも使えるから、人の声とか、たとえば雷の音とかも、リアルに鳴らせるんだよ」

「ドアが閉まる時に、バタンと音がしたり」

「できる、できる」

「それ、楽しそう！」

意見の一致した二人は、昼食を食べ終えると、午後の会議でさっそくその話をみんなにも聞かせてみた。ふむふむ、とうなずきながら、最初に口を開いたのは須田だった。

「音がつくだけでそんなに楽しいかどうかわからんけど、話はいままでのよりずっと具体的やな」

それを皮切りに、次々と声が上がる。

「ホラーとかミステリーでやったら楽しそうですよ」

「足音したり、きゃーっと悲鳴があがったり」

シンプルなぶん、どんなゲームにするかのイメージはすぐ形になりそうだった。

「いままで話してたぶんは保留にして、先にこっちを形にしようか」

榎本がそう提案すると、満場一致でみんながうなずく。

「それじゃあ、まず牧谷くんにシナリオを書いてもらって……」

当然のように言う榎本に、勇は慌てた。

「えっ、僕？」

「うん。だって企画だし、たぶん牧谷くんが一番書けるよね？　国文だもんね？」

確かに勇は大学時代は国文学科に在籍していたが、それとこれとは話が違う。しかしながら、美大出身の須田や、社長業を抱えた榎本よりは適任であることは確かだ。

「……がんばります！」

いままでみたいに何をするかわからないまま右往左往するより、ずっといい。そう腹をくくって、勇は思い切り、安請け合いした。

ワープロで打ち出した原稿を読んでいた須田が、首をかしげて、中の一文を指差した。

「牧谷くん、この、カカトをかえすってなに？」

「カカトじゃなくて、キビス。踵をかえす。引き返すってこと」

「えー、じゃあ引き返すって書けばいいじゃない」

張り切って書き始めたものの、もちろん、シナリオを書くのはそう簡単ではなかった。書いた端から、やれ文章が長いとか、やれ表現が難しいとか、あれやこれやの物言いがつく。

僕って、ボキャブラリー豊富やったんや。

なんて、つい前向きに考えたくなるが、テレビ画面で読むことを考えると、長い文章も、変に凝った文章も邪魔になる。勇は、書いては直して、書いては直してを繰り返していた。

「しかし、シナリオってのも大変やなぁ。こんなに周りに人がいて、牧谷くん、書けるん？　明治の文豪とかはほら、旅館に缶詰とかしたんでしょ」

気づかってくれる須田に、勇は深くうなずいた。

「いや、もう、書けないんで、しばらく自宅作業にさせてくださいって、社長にお願いしてて」

「あぁ、そうなんや。それがいいねぇ」

そんな話をしていると、すみませーん、と桐野が大声で呼びかけるのが聞こえて、勇も須田も、彼女のほうへ視線を向けた。

「えーと、今度から総務のバイトに入ってもらうことになりました、一ノ瀬さんです。みんな、わからないことがあったら教えてあげてください」

そう言って、桐野は隣の女の子を紹介した。

小柄な女の子だ。肩あたりでふんわり内巻きになった髪は、色素が薄いのか栗色がかっているし、肌も白い。黒目がちの大きな目が、長いまつげでいっそう大きく見えた。

「一ノ瀬真弓(いちのせまゆみ)です。よろしくお願いします」

かわいい。

体に電流が走ったみたいだった。思わず、じっと彼女のほうを見つめてしまう。にこにこと笑ってお辞儀する姿が、本当にかわいい。お辞儀する時、前で重ね合わせた手が指先までピンと伸びているところが、礼儀正しい感じがする。

彼女は、すぐに桐野に連れられて、応接室のほうへ行ってしまった。社内を案内してもらうのだろう。

「総務の仕事増えて、桐野さん大変そうやったもんな。新しい子、いい子やといいなぁ」

「はぁ」

「あれっ、牧谷くん、どうしたの」

「一ノ瀬さん……めちゃくちゃかわいい……」

心ここにあらずで勇がつぶやくと、須田はそれだけですべて了解したらしかった。

「牧谷くん、あとで、仕事の相談乗るとか言って電話番号交換しとき」

「話しかけられるかな……」

ここそと話していると、そこへ榎本がやってくる。

「あ、牧谷くん、自宅作業の件だけど」

「え、あ、はい、自宅作業」

とっさに頭がついていかず、おうむ返しに答えた。そうだ、シナリオに専念するために自宅作業したいと、頼んであったのだ。

「来週から、家で作業してもらって、週イチの企画会議だけ会社に来てもらおうと思うんだけど、どうかな？」

「あ、はい、わかりました」

勇が要望していたとおりだ。とてもありがたい。ありがたいのだが……。

一ノ瀬さんに会えるのは、今週だけか。

女の子がかわいいので、やっぱり会社で仕事させてくださいと言うわけにもいかない。

なんとも間が悪いことになってしまったが、電話番号だけはなんとか聞き出そうと、勇は心に決めた。


血管が激しく脈打って、耳の隣に心臓があるみたいにどくどくと音がする。

「あっ、ほんとだ、コーヒーフィルターありました！」

そんな勇の気も知らず、一ノ瀬は流しの引き出しからコーヒーフィルターのパッケージを取り出して嬉しそうにしている。

「豆はそっちにあるから、好きな時に淹れていいよ」

「はい。あ、牧谷さんも飲みますよね」

「うん」

そのために、一ノ瀬が給湯室へ行くのを目撃した瞬間、半分残っていたコーヒーを飲み干してやってきたのだ。勇は、空になったマグカップをコーヒーメーカーの横に置いた。

切り出すなら、いましかない。

今日が勇が出社する最後の日、機会をうかがっているうちにもう夕方になってしまい、電話番号を聞き出すなら、これがラストチャンスだった。それで、勇の心臓は先ほどから早鐘を打っているのだ。

「あの、僕、来週から自宅作業で会社来ないんやけど」

勇はまず、そう言った。

「はい、桐野さんから聞きました」

「だからその、会社には来ないけど、仕事で困ったことあったら聞くし、ええと、電話番号とか……交換できたら……」

頼りになる先輩らしく切り出したものの、最後はいささか情けなく、尻すぼみになっていく。

だが、勇が後悔するより早く、一ノ瀬がうなずいた。

「じゃあ、電話番号、あとでメモに書いて渡しますね！」

「う、うん」

やった！

拳を振り上げそうになるのをこらえて、心の中で叫ぶ。

これで、自宅作業になっても一ノ瀬と連絡を取り合える。というか、電話番号を教えてくれるなんて、これはもしかして、脈アリかもしれない。なんて、電話番号を聞けただけで、勇の頭の中はバラ色だ。

ところが、いい調子だったのはそこまでだった。電話番号を聞いたからには、電話をかけなければ、話はできない。しかし、それだけのことがなんとも難題なのだった。

「どう思う？　社交辞令で教えてくれただけで、本当は電話されたら迷惑かもしれないやん？」

電話しようか、どうしようか、いまは忙しいかもしれないし、そんなにすぐ電話がきたら驚かれるかもしれないし……と、悩み、どんどん弱気になり、電話できないまま一週間を過ごしてしまった勇は、すっかり及び腰になっていた。

「電話番号を教えたなら、そんなことはないと思うけどな。ねぇ？」

「うーん……異性の考えることを俺に聞かれても……」

同意を求める桐野に、祐一郎が首をかしげる。

一度、経理に必要な書類を勇のアパートまで届けに来てくれた際、意外に近くに住んでいることがわかった桐野は、それから時々、祐一郎も含めて飲むようになった。

「異性の考えてること、か……わかるなら私のほうが知りたいわ……」

大きく深くため息をついて、桐野はうなだれる。

榎本は、実咲ちゃんと別れたらしい。勇たちは、こうして桐野と飲むようになって初めて、それを知った。

「だいたい、振られた理由が私のせいって、そりゃ確かに彼女でもないのに服選びにつき合ったり部屋の掃除手伝ったり夜食つくってあげたりしましたけど！　私より桐野さんのほうが彼女みたいって言われても！　もうずっとそんな感じだから榎本くん絶対私のこと異性として意識してないし！」

一息に言って、桐野はぐっとビールをあおる。勇もやさぐれた気分になって、一緒にビールをぐいっといった。

「はー、辛いですね、桐野さん……」

「辛いねぇ、牧谷くん……」

「いや、桐野さんはともかく勇は一人でびびって電話できずにいるだけやん」

二人がうなずき合っていると、祐一郎が水を差す。

「なんや、一人だけ涼しい顔して！」

「そうだ、そうだー、薄情よ、神田くん！」

こうなると、仕事中は優しくしっかり者の桐野もただの酔っ払いである。

二人にからまれて、祐一郎は居心地悪そうに身じろぎした。

「そんなこと言われても……あ、でも、桐野さんが積極的に押したら、榎本くんが嫌がることはないんじゃないかって」

堤社長が言ってたなぁ、と祐一郎は続けたが、それは桐野がガタリと席を立つ音にかき消されてしまった。

「本当に？　本当にそう思う？」

「えぇと、たぶん……？」

祐一郎の答えは頼りなかったが、桐野は決然と、バッグを手にとってテーブルの上に数枚の紙幣を置いた。

「ごめん、わたし……帰るね」

「桐野さん……がんばれ！」

勇はエールを送り、桐野はうなずく。そして力強い足取りで店を出ていく彼女を、勇と祐一郎は眩しいものを見るような気持ちで見送った。

「なぁ、僕も、やっぱり電話したほうがええかな？」

さっきまでの消沈ぶりから一転、桐野に触発された勇は、うきうきと祐一郎に尋ねる。

「うん、まぁ、俺も伊達に最近ずっと堤社長といるわけじゃないから、言わしてもらうけど……」

いまの一件で何か自信をつけたらしい祐一郎は、そう前置きした。

「勇は、はやく電話しろ。電話がくると思って、女の子だって待ってるかもしれん」

「よし、わかった！　明日、絶対電話するわ！」

勇はそう言い、何度もうなずく。それから、桐野の健闘を祈って追加注文したビールは、とびきりうまかった。

ポチポチとコントローラーのボタンを押しながら、一ノ瀬がテレビ画面を食い入るように見ている。

「うーん、やっぱり住宅地の横に公園があるといいかな～」

「うん、いいんじゃない」

答えながら、勇は落ち着かない気持ちで、隣に座っている一ノ瀬を盗み見た。

真弓ちゃんが遊びにきてくれるなんて、夢みたいや。

今日、もう何度そう思ったかわからない。トンテンカンパニーでのバイトが休みの今日、一ノ瀬はなんと、勇のアパートに遊びにきてくれたのだ。

この日のために、勇は新品の座布団を買い、ちょっといいコーヒー豆とジュースをそろえ、お菓子も用意した。

少し休憩しようよ。そう声をかけておやつタイムに突入し、仕事の悩みなんかを聞いちゃったりしつつ、付き合ってくださいと伝える。それが、アドバイザー祐一郎から課せられた、今日の勇のミッションだった。はっきり言って、自宅まで遊びにきてくれるなんて、これはもう、勝ったも同然の勝負である。

しかしながら、声をかけよう、声をかけようと思いつつもなかなか踏ん切りがつかず、一ノ瀬が遊んでいるシムシティではもう五十年の月日が流れようとしていた。

「そろそろ……」

とうとう、勇が言いかけた、その時である。ピンポーン、とチャイムが鳴って、勇は言葉を飲み込んだ。

「あ、お客さん？」

「今日は他に誰も来ないはずなんだけど……ちょっと見てくる」

せっかく、意を決して声をかけたところだったのに……と恨みがましく思いつつ、勇は立ち上がる。セールスか何かだったら、即座に追い返してやろうと思いながら、玄関のドアを開けた。

「はい、どなた……あっ」

「牧谷くん、お疲れさま！」

ドアの外に立っていたのは、榎本と須田の二人だった。

「えっ、なんで」

二人とも、自宅作業の勇と違って、会社にいるはずである。

「いやぁ、この近くに用事があって来たんだけど、せっかくだから牧谷くんの家に遊びに行こうかってなって」

まずい。

勇は思った。自宅作業で新作ゲームのシナリオを書いているはずなのに、女の子とデートしているなんてわかったら、いくら人のいい榎本でも怒るかもしれない。

「あ、シムシティの音がする。シムシティやってるんや」

なんとしても帰ってもらわねば……と思う勇だったが、須田にそう言われて、心の中でがくりと肩を落とす。そうだ、テレビからはシムシティの音が流れっぱなしで、勇がゲームで遊んでいたことはもうバレバレなのだった。

「あっ、ほんとだ。シムシティ、僕も相当やりこんでるよ」

「えーと……どーぞどーぞ、あがってくださぃ……」

仕方がないので、勇は二人を家に招き入れた。

「あれっ、社長に須田さんじゃないですか～」

一ノ瀬は、座ったまま振り返って、驚きの声をあげる。

「あれ～、一ノ瀬さんも来てたんや」

「これは、お邪魔しちゃったかな～」

思わず明後日のほうを見る勇だが、それでも、二人がニヤニヤと笑っているだろうことが声の調子で容易にわかった。仕事をサボって、なんて怒られずに済んだのはいいが、居心地が悪いことこの上ない。

「あらら、そんなに道路敷いちゃって」

榎本はテレビの見える位置に腰を下ろして、もう一緒にプレイする構えである。

「えっ、道路ダメなんですか？」

「道路はなー、渋滞起きちゃうから、鉄道のほうがええねん」

榎本の横に座って須田が言うので、一ノ瀬は、そうなんですか～なんて言っている。

「ええと、コーヒー飲む人ー？」

たちまち、シムシティで遊ぶ会となった場の雰囲気にやるせなさを感じつつ、勇は立ったついでに飲み物を用意することにした。

「あ、お願いします」

「僕もー」

「あ、手土産もあるよ」

一ノ瀬、須田の返事に続いて、榎本が紙袋を手に、落ち着けたばかりの腰を上げた。受け取って中を見ると、バウムクーヘンらしい。

切り分けるよ、という榎本の言葉に甘えて、キッチンへ案内して包丁を渡した。それから、勇はコーヒーを淹れるために湯を沸かす。

「小夜子さんがさ、牧谷くんに会うならお礼言っといてって、言ってたよ」

ふと、榎本が小声でそう言った。

桐野は、あの夜から一週間、勇と祐一郎の行きつけの飲み屋に来ていない。

「お、お礼ってことは……」

「彼氏彼女になりました」

「あ～良かった～」

飲み屋に現れないのは吉報の証と思っていたが、当人の口から聞いて安心する。人のことなのに、にんまりと口元が緩んだ。

「良かったじゃないよ、どうせ焚きつけるなら僕を焚きつけてくれたら良かったのに……おかげですごくカッコ悪いことになったよ……」

榎本の言いように、勇は笑う。桐野のあの剣幕を考えれば、胸ぐらを掴んで、好きなのかそうじゃないのかハッキリしなさい、ぐらい言ったかもしれない。

「いやー、でも僕、社長の気持ち知らんかったし」

「まあ……僕も、小夜子さんがまだ僕のこと、そういう目で見てくれてると思ってなかったからね……」

照れたように言いながら、榎本はバウムクーヘンを切り分けた。

は～、僕も早く真弓ちゃんと彼氏彼女になりたいなぁ。

そんなことを思いながら、勇はコーヒーをカップに注ぐ。今日はあいにくタイミングを逃したが、きっとうまくいく。そんな根拠のない自信が、ふつふつと湧き上がってくるのだった。

電話の呼び出し音が途切れて、一ノ瀬の声が聞こえてくる時、勇はいつも、天にも昇るような気持ちになる。

『はい、一ノ瀬です』

「あ、僕、牧谷です」

『牧谷さん、こんにちは』

電話越しだと、一ノ瀬の声が驚くほど近い。何度、電話でやり取りしても慣れなくて、勇は空いたほうの手を、ジーパンの太ももをさするように、上下に行ったり来たりさせた。

「ええと、仕事のほうはどう?」

いきなり、デートに誘うのもアレやしな……。

勇はそう思って、本題に入る前にそう言った。

本当は、先日、ただのシムシティで遊ぶ会になってしまったデートのリベンジを果たすべく、映画に誘うのが今日の本題なのだ。

でも、こうして電話で他愛ない話なんかしてると、それだけで恋人同士みたいやなぁ。

頬がゆるんできそうになるのを、努めてひきしめる。

『仕事は……大丈夫です』

一ノ瀬の答えに、おや、と勇は首をかしげた。いつもはもっと元気良く、うまくいってますとか、楽しいですとか、答えてくれるのだが、今日はどこか歯切れが悪い。

会社で、何かあったんやろか。

心配になって、ジーパンの上で落ち着きなく動かしていた片手を止める。

「え、ほんとに？　大丈夫？　会社でなにかあったん？」

『いえ、会社ではなにも。大丈夫です』

じゃあ、会社じゃないところで、何かあったんや。

そう思って、勇はそわそわと視線を泳がせた。

これ、僕、あんまり首突っ込んだら、迷惑やろか。

いくら恋人みたいだと思っても、勇と一ノ瀬とは、いまは会社の先輩と後輩でしかない。どんなに勇が一ノ瀬を心配しても、踏み込んでいいところと、悪いところがある。

「ええと、あの……」

『……』

しどろもどろの勇の声を、一ノ瀬は黙って聞いている。

えぇい、もう、言ってしまえ！

勇は意を決して、口を開いた。

「あの、一ノ瀬さん、僕な、初めて会った時から、初めて会社で一ノ瀬さんがみんなに挨拶してた、あの時から……」

一度、ごくりと唾を飲み込む。

「ずっと、一ノ瀬さんのこと、好きなんや」

言った。

言ってしまって、一拍置いて、勇はまたしゃべり出した。

「ええと、だからその、悩みがあるなら聞いてあげたいっていうか、僕でよければ」

『ごめんなさい』

その言葉は、勇の声にかぶせるように発音されたのに、いやにクリアに耳に届いた。

強く、電話の受話を耳に当て直す。

「えっと、ごめん……なんて?」

聞き間違えたはずなんかないのに、真っ白な頭で、気がつくとそう聞き返している。

『だから、ごめんなさい』

返ってきたのは、一ノ瀬の冷たい言葉だった。その響きが勇の脳みそに行き渡り、意味がわかると、ただでさえ緊張で速くなっていた鼓動が、大太鼓を思い切りぶっ叩いたみたいにどんと一つ、大きく脈打つ。

振られた。

『私、彼氏ができたんです。だから、こういう、仕事にかこつけて電話してこられるの、迷惑です』

彼氏。彼氏やって。

動きの鈍い頭で、かろうじてその単語を拾う。

「彼氏って、いつから……」

『最近、ですけど』

一ノ瀬の声が、硬い声で答えた。

「さ、最近って、いつ。だって、この前、一週間前はうちに遊びに来て、シムシティやったのに……」

頭のどこかで、こんな風に食い下がるなんてかっこ悪い、と冷静に考えている自分が、勇の中にいる。だがあいにく、その部分以外はすっかり恐慌状態に陥っていて、勇は口をついて出る言葉を止めることができなかった。

『……つき合うようになったのは、あの後ですけど。でもずっと好きだった人なんです』

「好きって、いつから……だって、一緒に昼ごはん行った時より前から？　初めて電話した時より」

『牧谷さん、わからない人ですね』

苛立った声で、一ノ瀬は勇の言葉を遮った。

『とにかく、もう、電話とかしてこないでくださいね』

とげとげしい一ノ瀬の言葉に続いて、がちゃん、と受話器の置かれる音がする。ツー、という電子音を、勇は呆然と聞いていた。

彼氏やって。

勇は視線を落とし、畳の目を見るともなしに見つめる。

ずっと好きだったって。

一ノ瀬の言葉を反芻する。たぶん、トンテンカンパニーに来るより、勇と出会うよりも前から、彼女には好きな男がいたのだ。

だったら、なんで？

なぜ勇からの電話に嬉しそうに対応したり、週に一度の勇の出社日に二人でランチに行ったり、二つ返事で勇の部屋に遊びにきたりしたのか。

その時、ずっと受話器が上がりっ放しの電話がけたたましい電子音でピピピと警告し始めたので、勇は叩きつけるように受話器を置いた。

つまり、そういうことや。僕は、キープくんやったんや。

　勇は、険しく顔を歪めて、電話機を見つめる。牧谷さん、わからない人ですね、と苛立たしげに言った、一ノ瀬の言葉を思い出した。

そういうことや。言われなくてもわかれって、そういうことや。

顔を上げると、夏の空が暮れようとしている。真っ赤な西日が溶け落ちるように沈んでいくのが窓から見えた。

ひどい女や。

勇は立ち上がって、財布をポケットにねじ込む。

あんまり、ひどい。

スニーカーを履いて、外へ出る。じっとりと不快な熱気と湿気が、勇にまとわりついた。

あんなひどい、本当にひどい、あんな女は……。

もう殺そう、と思った。殺さなければならない。

勇は迷うことなく道を歩いていく。近くに、ホームセンターがあるのを知っていた。歩いて二十分もかからない。

殺すなら、首を締めるのがいい。

そう思ったので、ホームセンターに着くと、ロープの売り場を探す。手頃なロープはすぐに見つかった。丈夫そうなナイロンのロープだ。

「すみません。このロープ、ください」

近くにいた店員に、声をかけた。

「はい、何メートルご入用ですか？」

「えっ」

虚をつかれて、勇は言葉を失った。知らず、目が泳ぎ始める。

何メートル？　人の首を締めるのって、何メートルいるんや？

皆目見当がつかない。だが、人の良さそうな店員のおばちゃんは、にこにことハサミを手に待っているのだ。

「え、えーと……十メートルくらい、かな……」

苦し紛れに、そう答えた。

「はい、はい、十メートルね。じゃあ……一、二、三……」

うわ……十メートルってこんなにあるんや……。

おばちゃんが長さを測ってくれたロープを見て、勇は思う。仕方がないので会計を済ませ、輪っか状に巻いても一抱えほどあるそれを肩に担いで帰った。

家に帰り着くと、どさりと荷物を降ろし、勇はやれやれと座り込む。

……長すぎるなぁ。

ロープを見つめて、そう思う。場所をとって仕方ないので、勇はそれを部屋の片隅に寄せておいた。

その三日後、週に一度の会議で、勇は会社に行かなければならなかった。会社には一ノ瀬も来ているはずだったが、あまりに重いし長いのでロープは部屋の片隅に放ったまま、勇は重い足を引きずるようにして会社に行った。

「一応、サンプルのプログラムを組んでもらったんだよね」

榎本の言う通り、会議室に設置されたテレビには、黒い背景に白い文字で、勇が書いたシナリオの冒頭部分が映し出されている。

「文字のフォントと大きさもいろいろ試したんやけど、このへんがちょうどいいと思うねん」

コントローラーを操作しながら、須田が言う。

「うん、これなら漢字も読めそうやし……」

勇はうなずいて同意したが、須田はコントローラーを置いて、思案げに腕組みをした。

「ただなぁ、あんまり、みんなの反応がよくなくてなぁ」

榎本も、顎へ手をやりながら、首をかしげて画面を見ている。

「僕は面白いと思うけど、お客さんに受けるかどうかわからないって、みんな言うんだよね」

「えぇ……そうなんや」

勇はコントローラーを取り上げて、ポチポチとメッセージを送ってみる。まだメッセージの表示速度も調整していないし、サウンドもわずかしか入っていない。確かに、味気ないといえば味気ない。

「まあ、そこはもっと実装が進めば面白さが伝わると思うから、牧谷くんはこのままシナリオを進めてもらって」

「はい」

榎本の言葉にうなずいて、会議はそこでお開きとなった。

席を立ち、会議室の扉を開ける前に、深く息を吸って、吐く。それから、えいやっと扉を開けた。ちらりと目を走らせると、一ノ瀬は桐野の横のデスクで何やら書類仕事をしている。ぱっと目をそらし、その後はできるだけそちらに目を向けないようにしながら、勇は自分のデスクに戻った。

「牧谷さん、牧谷さん、これ見て」

祐一郎が辞めた後、勇の隣に席を移してきた高西が、そう声をかけてくる。言うが早いか、彼は電源を落としてあったパソコンの起動ボタンを押す。すると、パソコンの起動と同時に、近くにあった扇風機が急に動き出した。

「うわっ」

急に風が吹いてきて驚く勇に、高西は得意げにしてみせる。

「パソコンつけると、扇風機が動くようにしてみたッス」

高西は、パソコンのハードをいじるのが趣味なのだ。大きな体で、よく小さなパーツをカチャカチャとやっている。

「いや、すごいけど、扇風機のスイッチくらい押したらええやん」

言いながら、思わず笑う。

「えー。こういうのは、便利さより、ロマンッスよ」

高西もまた、笑いながらそんなことを言っている。と、高西のデスクから、数枚の紙切れがぴらぴらと勇のデスクのほうへ飛ばされてきた。

「おっと」

一枚を慌てて押さえると、それは、絵画の展覧会のチケットらしい。

「あ、それ、一枚あげるッス」

「あげるって、これなに?」

勇が聞くと、高西は床に散らばった数枚を拾い上げつつ、声を低めた。

「なんか、一ノ瀬さんの彼氏がイタリア人? で、画家を目指してる? とかで、お家が金持ちで、あちこち遊学してて、いま日本に来てるとかで。えっと、なんだっけ……なんとかってコンクールで賞をとって、絵が飾られるらしくて、チケットいっぱいもらったんスけど、俺、絵とか見ないんで」

高西の様子からして、この極度のうろ覚え状態の情報がどこまで信じられるのか謎だったが、ははぁ、と勇は思った。

イタリア人で、金持ちで、絵の才能がある、か。

つまり、その男に勇は負けたのだ。イタリア人だから、僕の子猫ちゃんとかなんとか、わけのわからないことを言って一ノ瀬を口説き落としたのに違いない。

ひとつ、見にいってやろう。

そう思って、勇はチケットを乱暴にリュックサックのポケットに入れた。


訪れた銀座のギャラリーは、つるりと磨かれた木目の床に、淡い照明に照らされた白いレンガの壁がまぶしい洒落た空間だった。勇は入り口から中をのぞき、自分の足元を見る。

……スニーカーやけど、別に泥だらけやないし、平気か。

思わず服装を気にしてしまったが、高級レストランでもあるまいしと思い直して、チケットを手にガラス扉を押し開ける。受付を済ませて中に入ると、油絵も水彩画も、小さな絵も大きな絵も、さまざまな絵が壁にかかっている。

えーと、名前は……。

勇は絵をろくに見ないで、一つひとつにつけられたキャプションの名前を片端から確かめていく。うろ覚えの高西からなんとか聞き出した、一ノ瀬の彼氏の名前を見つけて、足を止めた。

大きな絵だ。

勇が両腕を広げた幅より、たぶん、もっと大きい。

公園かどこかだろう、水辺に憩う人たちを柔らかなタッチで描いた油絵だった。

絵のことなんか皆目わからない勇だが、それでも、繊細な筆使いだな、と思う。

湖は画面の奥にあり、穏やかに日の光を反射している。悠々と泳ぐカモが水紋をつくり、それを岸から親子が眺めている。遊歩道には犬の散歩をする人、杖をついているおじいさん、そして遊歩道から手前はみずみずしい草の生い茂った広場になっていて、画面右手に広葉樹が描かれている、その木の下のベンチに腰掛けてこちらを見ているのが、一ノ瀬真弓だった。

あいまいにぼけた、目鼻のはっきりしないようなタッチなのに、どうしてそう思うのかわからない。ただ、絶対に、あのピンと伸びた背筋は一ノ瀬のものだと、勇は思った。

「この絵がお気に召しまして？」

いつのまにか、上品な老婆が横に来ていて、そう声をかけられた。

「はぁ」

「こちらの作者は、学生さんだそうよ。まだ若いのに、すごい技術でねぇ、私もびっくりしたんですよ」

「はぁ……」

老婆の絶賛に、勇はうなずくしかない。老婆こそこの絵が余程のお気に入りらしく、やれ色使いがどうとか、筆使いがどうとか、言葉を尽くして絵を褒めている。

「あの、僕、もう行きますから」

老婆の言葉が途切れたところを見計らって、勇は言った。

「あら、ごめんなさいね、長々と」

「いえ」

答えて、勇は逃げ出すようにギャラリーを後にする。通りに出て、一つ、大きく息をついた。

真弓ちゃんは、あの才能に惚れたんやな。

そう思いながら、のろのろと歩き出す。とっくに日の暮れた街は、昼間よりもいくらか涼しい。肌寒い気さえするくらいだ。

僕とは、違うな。

灼けつくようにそう思った。たとえば、あの老婆にドラフレや、いま開発中のゲームをやらせてみたところで、コントローラーを手にぽかんとするだけだろう。

開発の忙しさの中で、どうしても、妥協しなければならないことも出てくる。あの絵は、一筆一筆、ひとつの妥協もなく描き込まれたもののように、勇の目には映った。

……僕、何してるんやろ。絵とゲーム、比べるんが変な話や。

方や芸術作品、方や娯楽だ。

首を振って、勇は駅へ向かう足を早めた。

まったく嬉しいとは思えないが、失恋の陰鬱な気分は、ホラーもののシナリオを執筆するには大変、プラスに働いた。

「うん、いいね」

週一回の定例でやっている会議で、勇の書いてきたシナリオを読んだ榎本は、満足げにうなずいている。

「うん、ヒロインの女の子はかわいいし、幽霊の女の子の怖い感じもいいわ」

須田もそうほめてくれるのを、勇は悲しい気持ちで聞いた。一ノ瀬のかわいいところと、あの電話での豹変ぶりを参考にしたのだから、リアリティもあろうというものだ。

「はぁ。でも、お話が分岐していくぶんもシナリオ書くってなると、やっぱり僕一人じゃ無理だなって思ってて」

「うん、シナリオを頼める人を探したほうがいいかもね」

シナリオを誰に頼むか、サウンドの種類は足りているかと、いろいろな相談をして会議を終え、デスクに戻る。

すると、ちょうど高西が大きく伸びをして、一息入れているところのようだった。

「高西くん、椿屋敷のテストプレイ、してくれたんやって？」

勇は椅子に座りながら、そう声をかける。

散り様が人の首が落ちるのに似ていると言われる、ちょっと不吉なイメージがいいねということで、勇がシナリオを書いている新作ホラーゲームは、椿屋敷というタイトルがつく予定になっている。

「やりましたけど。あれって、どれくらいできてるんスか」

「メインのルートは、もうほとんど入ってるんやないかな」

「ふーん？」

高西は、腑に落ちないような、不思議そうな顔をしている。

「あれ、どうかした？」

「うーん、俺、遊ばせてもらったんスけど、なんかよくわかんなくて」

「よくわかんない？」

「なんか、文字しか出てこないじゃないスか。だから俺、途中まで、ずっとプロローグだと思って遊んでて、でも聞いたら、もうゲーム本編始まってるよって言うから」

小説に、音がつくというコンセプトから、椿屋敷にはドラフレみたいなキャラクターのイラストは出てこない。黒い背景に、白い文字でシナリオを表示するシンプルなつくりだ。その代わり、文字の表示される速度に緩急をつけたり、ちょうどいいタイミングで音が鳴るようにしたり、怖さを演出するための工夫はあれこれ施しているのだが、高西にはピンと来ていないらしかった。

「あんまり、面白くなかった？」

「うーん……よくわかんなかったッス」

高西は、素直で気持ちのいい男である。彼がそう言うなら、それは率直な感想なのだ。

「うーん、そうか」

勇は、唸った。

開発の中心となっている勇や榎本たちからしてみれば、だんだん、目指しているものが出来上がっているように思えるのだが、周囲の反応は、まだ追いついてきていない。

このまま進めて、大丈夫なんかな。

勇は、いま、会議で話し合ったことを書き留めたノートを、じっと見つめる。

ものが出来上がってくれれば、みんなも面白いと言ってくれる。勇には、その自信がもう持てなくなっていた。


出来上がったブースを見て、須田は満足げにうなずいた。

「お、いいやん」

イベント会場の一角、大人が四、五人入れるくらいのトンテンカンパニーのブースは、黒い布で全体を覆い、中は真っ暗にして、お化け屋敷みたいな雰囲気に仕上げられた。

「人、いっぱいくるといいなぁ」

勇も、そわそわしながら言う。

トンテンカンパニーは、新作ゲームの椿屋敷をひっさげて、東京おもちゃショーに出展していた。会場には大きなバルーンがいくつも浮かび、ロボットやミニカー、おままごとセットと、所狭しとおもちゃが並んでいる。

今日、この日のために勇たちは、主人公たちが森の中で迷い、椿の咲く荒れ果てた屋敷に迷い込むところまでを実際に遊ぶことができる、椿屋敷の体験版を仕上げてきたのだ。

にぎやかで楽しげな雰囲気は、近頃落ち込みがちな勇の気分も、高揚させてくれた。

開場して、最初にやってきたのは、榎本とも顔見知りの雑誌記者である。

「トンテンカンパニーさんのブースは、混む前に来なくちゃと思って」

「どうぞ、遊んでいってください」

榎本が自ら記者を中へ案内するのに従って、外で待機していた勇もブースに入った。二台並べた試遊機の一つに案内し、ヘッドフォンをつけてもらう。黙々とテレビ画面に向かっている記者の背中を、勇は固唾を飲んで見守った。

「うーん」

それが、一通り遊んで、ヘッドフォンを外した記者の第一声だった。

「榎本さん、これは難しいよ。いつゲームが始まるのかよくわからないし……これ、絵は出ないの？」

「そうですね」

文章と音だけのほうが想像力が働いて、怖いし、記憶にも残る。そうコンセプトを説明しても、記者は釈然としない様子でいる。

「うーん、そうかもしれないけど、難しいなぁ。これを雑誌に載せるとして、画面写真が文字ばっかりじゃ、目を引かないし……ちょっと、記事にしづらいな」

それからも、他のソフトメーカーの人や、問屋の人など、いろいろな人が訪れたが、反応はあまり芳しくなかった。売り込み方が難しい。それが、訪れた人たちの大方の意見のようだった。

まぁ、確かにあんまりゲームっぽくないからなぁ。

敵を倒すわけでも、キャラクターが走ったりジャンプしたりするわけでもない。とっつきづらいかもしれない、と勇の中で弱気な気持ちが頭をもたげてくる。

それでも、榎本は嫌な顔もせず、訪れる人、訪れる人に熱心に説明していた。

と、ブースの外で、わぁっと声が上がった。

「ここ、なに？」

「ゲームだって」

「お化け屋敷じゃないの？」

興味津々で入ってきたのは、中学生くらいの男の子三人組だ。

「これは、物語に合わせて音が鳴るゲームだから、ヘッドフォンをつけて……」

「俺、する！」

「えー、ずるい」

「後で代わってよ」

勇の説明もそこそこに、少年たちはコントローラーを手にして遊び始める。

「マサちゃん、音、する？」

コントローラーを握って、ヘッドフォンをしているマサちゃんは、熱心にテレビ画面を見ている。

「音、する。車の音する」

「文字ばっかり、こんなの見たことない」

「うわ」

マサちゃんが驚きの声をあげた。主人公の車が事故を起こす場面では、急ブレーキの音がするようになっている。きっとそれに驚いたのだろうと、勇はこっそりほくそ笑んだ。

少年たちは、ホラー仕立ての物語も、効果音がそれを盛り上げるのも、気に入ったらしい。ヘッドフォンを交代しながら、体験版を遊んでいる。

……あ、これ、いけるかもしれん。

そう思って、勇の頬がゆるんだ。

そうだ、きっとこんなふうに楽しめるだろうと思って、怖いところでは文字がゆっくり出るようにしたり、急に音が鳴ってびっくりするようにしたり、いろいろと工夫を凝らしたのだ。少年たちを見ていると、そういう面白さはちゃんと伝わっているらしい。

中のにぎやかな様子が気になったのだろう。外にいた須田が、布をめくってちらりと顔をのぞかせ、ブース内に微かな光が差し込んだ。そんな須田に、勇はこっそりピースサインを返す。榎本の表情も、心なしか、少しホッとしているように見えるのだった。


会議室のドアがノックされて、どうぞと答えると、祐一郎が顔をのぞかせたので、榎本も須田も喜んだ。

「会議中にすみません」

「わぁ、神田くん、どうしたの？」

「大丈夫？　堤くんにこき使われてるんやないの？」

堤は退社後もよくトンテンカンパニーに遊びに来るが、祐一郎が来るのはめずらしい。

「うわ、祐一郎、久しぶり」

勇も、思わずそう言った。近くに住んでいるのに、ここ三カ月ほど、椿屋敷が忙しくなって会っていない。

「忙しいって聞いたんで、差し入れだけ渡して帰るつもりだったんだけど」

「マドレーヌなんて気が利いてるよね」

祐一郎の後から、人数分のマドレーヌを手にした桐野が入ってきて、にこにこしている。

「ちょうどいいから、休憩しよう」

榎本が言って、そのまま、祐一郎を交えて休憩を入れることにした。

「椿屋敷、絵が入ったんだって？」

「うん」

祐一郎の言葉に、勇はうなずく。やはり、雑誌や店頭での見栄えを考えて入れるべきだと、あの展示会でみんなが思ったのだ。

「それが、すごいんやで。サウンドで容量いっぱいやから、厳選して十四枚だけ入れてねん」

「へぇ、大変なんや」

須田の言葉に、祐一郎が感心する。

「デバッグも大変だよね。ストーリーに矛盾が出ないようにするのが大変で、牧谷くん、ここのところ泊まり込みだもんね」

榎本のこの言葉に、勇は深くうなずいた。

あれもこれもと詰め込んだ結果、とにかくシナリオが膨大で、しかも分岐させるタイミングを間違うと、さっき部屋を出ていったはずの主人公のガールフレンドが、まだ隣でお茶を飲んでいることになったりする。

そんな話をしている途中、榎本が、思い出したように言った。

「そういえば小夜子さん、アンケートハガキなんだけど、やっぱり切手貼って出してもらうようにするよ」

「うん、わかった」

椿屋敷のソフトに付属するアンケートハガキについて、切手を貼ってでも出したいと思ってくれる人の感想が聞きたいので、送料はユーザー持ちにするという話になっていた。

つまり、アンケートで悪い意見がきたら、送料払ってでも言いたいくらいひどいってことや。

ひとたび悪いほうへ考え出すと、なんでも悪く思えてきて、勇はそんなことを考える。もういっそ、スタッフロールに名前を載せるのをやめてほしい、という気持ちだ。

暗い顔をしている勇の背中を、帰り際、祐一郎がばしんと一発、叩いていった。

「がんばってな」

あいつ、ここのところ少し堤くんに似てきたんやないかな。

背中をさすりながら、勇はそう思った。

勇が一人、会社に残って仕事をしていると、ドンドン、と扉を叩く音がして、勇は椅子から飛び上がった。

ちょうど、主人公が椿屋敷の蔵に閉じ込められているシーンをつくっているところで、いま扉を叩く音がするのは、あまりにもタイミングが良すぎる。

勇は、自分のデスクの周りだけ蛍光灯を灯したオフィスを横切り、薄暗い出入り口まで、恐る恐る歩いていった。

「誰か、戻ってきたん?」

社員の誰かだろうとあたりをつけて呼びかけると、外から返事が帰ってくる。

「俺、俺。祐一郎や」

「なんや、来る前に連絡くらい入れろや!」

時刻はもう十二時を回っている。勇の抗議はもっともと言えた。

「いやー、ここのところ一人で泊まり込みだって聞いたから」

そう言った祐一郎は、手にビニール袋を下げている。中には、焼き鳥が入っているようだった。

「おっ、気ィきくなぁ。ちょうど小腹空いてきたところや」

勇はころりと態度を変えると、祐一郎を招き入れる。散らかったデスクの上の荷物を脇に寄せて、焼き鳥を広げられるスペースをつくった。

「まだ、だいぶかかるんか?」

上着のポケットから取り出した缶コーヒーを二本、デスクに並べながら、祐一郎が言った。

「かかるなぁ。もうな、ストーリーの分岐をつくったらつくっただけ、ばーってバグが出てくるし、テキストの量がものすごいねん」

「そうか」

祐一郎がうなずく。勇は、焼き鳥の中からぼんじりを一本もらってパクつく。

「……僕、正直、もうわけわからん。椿屋敷がな、いけるって思う時もあんねん。でも、全然、ダメかもしれへん。つくってるうちに、本当に面白いかどうか、わからなくなってくんねん」

「うん」

祐一郎は、同意なのか、ただ聞いてるよという意思表示か、短くうなずいた。

「ダメだって思う時は、もう、どんどんしょうもないこと考えるねん。世の中のほとんどの大人はゲームなんて子供のやるものだと思ってて、こんな、僕、こんながんばる必要あるかなって。がんばって、でもこれ全然ダメやったら、意味あるかなって」

勇は大真面目に話しているのに、祐一郎は、それを聞いてなぜか笑った。

「はは」

「なんやねん」

「ゲームが好きって、それだけでここまで突っ走ってきて、いまさら大人ぶったこと言い出すからや」

そう言われると、勇はぐうの音も出ない。

「俺は勇みたいにゲーム業界にどうしても入りたかったわけじゃないけど……」

言いながら、祐一郎は缶コーヒーに手を伸ばし、プルタブを引いた。

「最近は、思うねん。大人がこんな集まって、こんなヒイヒイ言いながらつくってるくらいや。ゲームって、よくわかんないけど、なんか、大したもんやねん、たぶん」

「そうかなぁ」

「そうや」

祐一郎は、言うことは言ったとばかりに、缶コーヒーを飲んでいる。勇はうらめしげにそれを見た。

「祐一郎、おまえ、なんかかっこいいこと言った気になってるけど、よくわかんないけどなんか大したもんて、意味わからんからな」

勇が文句をつけたところで、どんどん、とまた音がした。誰かが扉を叩いている。二人は顔を見合わせた。

「おー、いるいる、牧谷くん。あれ、神田くんまで」

扉を開けて入ってきたのは、したたか酔っている様子の榎本だ。

「社長、どうしたん」

「いやー、今日、友達の結婚式だったんだけど」

その言葉どおり、榎本は礼服を着込んでいる。会社だって、そのために休んでいたはずだった。

「大学院に行った友達がさ、面白いこと教えてくれたから。えぇと、ちょっと待ってね」

榎本は自分のデスクから紙を一枚持ってきて、そこに横線を三本、交わるように縦線を三本引いた。線と線の交わるところにぐるぐると点を書き、全部で九つの点をつくる。

それから、財布から十円玉を三枚と、一円玉を三枚取り出して、十円玉のほうを勇に渡して寄越した。

「まず、僕からね」

言って、一円玉を一枚、右上の端に書かれた丸の上に置く。

なるほど、オセロとか、そんな感じのゲームやな。

勇はそう思って、十円玉を一枚つまんだ。

「こうやって、交互に駒を置いて、三つ、一直線に並べたほうの勝ちね」

「うん」

言って、勇も駒を置いた。二人ともが三つの駒すべてを置いてしまうと、今度は空いているマスへ駒をスライドさせて動かし、一直線を目指すことになる。単純なようで、相手の妨害に気を取られてなかなか一直線が完成しない。

結果は、あっさりと榎本の勝利となった。

「五目並べともオセロともちょっと違うんや」

見ていた祐一郎が言った。

「これねぇ、紀元前千年だか、二千年だかのエジプトで、神殿をつくった石工が遊んでたゲームなんだってよ」

榎本は、手書きの盤上から駒を回収しながら、嬉しそうに言った。

「そんな昔に？」

勇は、驚いて聞く。

「神殿の建物の石材に、天井とかの、普通なら手の届かないところに、この盤面の図形が彫ってあったんだって。誰かが天井で遊んだとも思えないし、神殿を建てる前に、置いてあった石材で石工が遊んだんだろうって」

「へぇ」

勇は、榎本の描いた雑な図形をしげしげと見つめた。

「すごいよねぇ。こういうボードゲームみたいなものが、少なくとも紀元前三千年より前には、もうあったんだってさ」

言いながら、榎本がまた自分の駒を置いたので、勇も自分の駒を置く。

「人間のゲームの歴史って、長いんやなぁ。やっぱり、なんかたいしたもんや」

祐一郎が感慨深げに言っている。

「ねぇ。人類が延々遊んで、遊んで、遊んでさ、いろいろ派生していって行き着いた、そのひとつがこのデジタルの世界なんだよ。すごいねぇ」

酔っ払っていても、榎本の表現は、祐一郎よりもだいぶかっこいい。

それを聞きながら、勇の頭の中には大きな大きな、一本の木のイメージが湧いてきた。四千年、五千年、もしかしたらそれ以上、たかが遊び、たかが娯楽だと言いながら人類が育んできた、何か。その生い茂った梢の、てっぺんに近いあたりに新たに芽吹こうとしている小さな葉っぱが、いま勇がつくっているゲームだ。人間が連綿と続けてきた遊びの、その一番端っこに、いま勇がいる。

そういえばドラフレに、せかいじゅのは、なんてアイテムがあったなぁ。

世界を内包するとかいう、よくわからないがすごい樹で、その葉っぱを使うと戦闘不能のキャラクターが復活する。勇の巨大樹のイメージは、そこからきたに違いなかった。

じんわりと目頭が熱くなってきて、勇はやたらに瞬きをしてごまかした。

ここで泣き出すとか、意味わからんもんな。

そう思って我慢する。

それからしばらく、勇たちの間でエジプトの石工のゲームとして流行ったゲームの二回戦は、やっぱりまた勇の負けだった。


デスクで郵便物の整理をしていた桐野が、勇を呼ぶ。

「牧谷くーん、ちょっと」

「はーい」

答えて、桐野のデスクへ行ってみると、同じハガキが大量に届いていた。椿屋敷のゲームソフトにつけた、アンケートハガキだ。

「ハガキ、まだこんなに来るんや」

勇は、嬉しくなって言った。椿屋敷の発売から、もう五カ月ほど経っている。

「そうだよー。発売した時は興味なかったけど、友達にすすめられて買ったっていう人も多いみたい」

「よかったぁ。僕、これダメかもって思ってたもんなぁ」

蓋を開けてみると、椿屋敷は自社オリジナルタイトルとしては申しぶんない売れ行きと人気ぶりだった。

「英治くんはずっと強気だったけどね」

そう言って、桐野が笑う。確かにそうだった。

榎本の心の内は勇にはわからないが、展示会のあったあの日、子供たちが喜んで遊んでくれる姿を誰よりも記憶に焼きつけたのは榎本なのかもしれない。

「それでね、このハガキなんだけど」

桐野が、一枚のアンケートハガキを勇に差し出した。見ると、株式会社トンテンカンパニー行、と印刷された宛名を二重線で消して、牧谷勇様と書き直してある。

「僕宛て?」

「そうなの。名前も、字も、ちょっと似てるのよね」

「え?」

勇は聞き返すが、桐野はデスクの上のハガキを整理する作業に戻ってしまった。わけがわからないまま、自分のデスクへ戻る。

名前が似てる?

桐野の言葉を反芻して、差出人の名前を見てみた。一ノ宮真美。

裏返すと、年齢や性別に関するアンケート項目には一切書き込みがなく、ただ最後の感想の欄に一言、お疲れさまでした、とだけ記されてあった。

あ、一ノ瀬真弓に似てるんや。

そう、思い当たる。一ノ瀬は、彼氏にくっついてイタリアに長期滞在するとかで、椿屋敷の発売を待たずにトンテンカンパニーを辞めていた。

言われてみれば、一ノ宮真美という名前も、筆跡も、彼女に似ている。

……女の子って、意味わからん。

しばらくハガキを見つめて、表へ返したり裏返したりした後、勇はデスクの引き出しにそれを突っ込んだ。もう、未練なんかないはずなのに、少しだけ、目が潤んでくる。

デスクの中には、榎本が酔っ払って描いた、エジプトの石工のゲームの紙も入っている。

あの夜、エジプトの石工のゲームを遊びながら得た巨大樹のイメージは、勇にまたゲームをつくる活力を与えた。

そのかわり、ちょっとだけ、涙もろくなったような気がするのが困りものだった。

8章　遊びの仕事ととろける脳みそ［祐一郎］

会議を終えた後、祐一郎はそのまま会議室に残ってメモをとっていた。会議をしながら書きつけたメモに加えて、思い出せる限り、書ききれなかった発言を補足していく。ノートには、角ばった文字が所狭しと並んだ。

「この企画、僕はやっぱりどうかと思うなぁ」

もう一人、会議室に残ってノートのページを繰っていた男がぼやいた。祐一郎より少し年上で、トンテンカンパニーからの転職組ではなく、新しく堤の会社に入ってきたメンバーの一人だ。

「どうか、って？」

祐一郎は手を止めて、向かい合わせに置かれた長机の斜め向かいに座っている男に聞いた。

「僕たちはいいけど、売れるかなぁ」

男は手元のノートを見ている。祐一郎も、自分のノートに目を落とした。そこには、さっきまで議題になっていた、新企画のアイデアが書き留めてある。

いま、堤の新会社、ピッグスタジオでは、財宝を求めてダンジョンを探索するパソコンゲームを元に、スーパーファミコン用ソフトをつくる企画を進めている。

「でも、パソコン持ってる人少ないし、取っつきやすいように絵もつけるし」

元になるパソコンゲーム、『ローグ』は文字だけで構成されたシンプルなもので、主人公はアットマークの記号で、モンスターはアルファベットの文字で表示される。

「そうだけどさぁ」

「うーん」

納得しない様子の男に、祐一郎はあいまいに返事をした。遊びやすくするため、新しいアイテムを考えたり、バランスを調整したり、そのための会議を、ついさっきまでしていたのだ。

会議が終わってから言われてもな。

そう思うのだが、男は祐一郎の困惑に気づかずに、あれこれ話している。

「だいたい、ドラフレだってさ……」

滔々と、男の持論は続く。

うーん、まあ、うなずけるところもあるけど。

賛同する言葉も、否定する言葉も持たないまま、とりあえず、祐一郎はふんふんと話を聞いている。

この企画が持ち上がった時、堤はすぐに乗り気になった。絶対面白くなるから、と。実を言うと、堤が言うほどの確信を、祐一郎はまだ持てない。

このゲーム、俺は好きだけど、売れるかな?

遊びやすいように工夫する予定ではあるが、ちょっと玄人向けすぎるんじゃないか……

祐一郎自身、そんな不安を感じているところへ、これだ。

まいったな。

男の話の切れ目を見計らって、そそくさと会議室を後にしながら、そう思った。

堤と一緒に訪れたトンテンカンパニーのフロアは、祐一郎よりもっと若い社員が増えて、相変わらず大学のサークルみたいだった。広いフロアにずらりと事務机が並んでいるのも、ちゃんとパーテーションで区切られた社長室や応接室があるのも、もちろんサークルにしては立派すぎるが。

「おっ、久しぶり！　一発ヤらせろよ」

堤は、女性社員を見るたびにそんなことを言うので、少し歩くごとに、馬鹿だの変態だのと罵声を浴びている。

フロアの奥のほうのデスクから、勇も呆れ顔でこちらを見ていた。

「堤くん、会社変わっても、ぜんぜん変わらんなぁ。なんだっけ、新しい会社」

近くまで来ると、勇がそう声をかけてきた。

「ピッグスタジオ。いいだろ、貯金箱といえばブタだからな」

堤は上向けた手のひらで、親指と人差し指で丸い形をつくり、お金を示すジェスチャーをしてみせる。

「勇、榎本くんいる？」

祐一郎は聞いた。すると、勇はうなずいて社長室のほうを指差す。

「社長室で、二、三日前から堤くんにすすめられたってゲームやってるけど……」

「けど？」

「昨日、感想聞いたら、面白さがよくわかんないって言ってた」

勇の報告に、祐一郎はドキリとする。

「えー？　どれどれ」

言って、堤は無遠慮に社長室のドアをノックした。すぐに、どうぞと答えが返ってきて、堤、祐一郎、勇と連なって社長室へと入っていく。パソコンを見て難しい顔をしていた榎本は、三人に顔を向けると破顔した。

「このゲーム、面白いね！」

「昨日まで面白くないって言ってたんじゃないの？」

パソコンの画面を覗き込みながら堤が聞くと、榎本はうなずく。

「うん。でも、やっと面白さがわかってきたよ。これをみんなが遊べるようにするっていうのは、いい考えだね」

榎本の言葉に、祐一郎はほっとした。榎本が言うのなら、きっとその読みに間違いはない。

堤くんも、榎本くんも、面白いものへの嗅覚がすごいな。

パソコン画面を覗き込みながら、やれそこのアイテムを拾えだの、その敵に気をつけろだのと口を出し始めた堤と、キーボードを叩く榎本を見ながら、祐一郎は考える。

どんなふうにつくったら、どんなふうに面白いか。当然、祐一郎もそれを考えながらゲームづくりをしている。でも、きっと彼らにはそのビジョンが祐一郎よりもハッキリと見えているのだ。

勇も、そういうタイプやな。

横で、にやにやと榎本のプレイを眺めている勇を見て、思う。彼は、ゲームの完成前こそナーバスになっていたものの、椿屋敷のコンセプトを榎本から聞かされた時、すぐに面白そうだと思ったと言っていた。

その嗅覚の差は、自ら望んでゲームづくりの世界に飛び込んだ三人と、誘われて、なんとなく入ってきた者の差なのかもしれない。

「でもさぁ、ちょっと悩んでるんだよな」

堤が、腕を組んでそんなことを言った。

「なに?」

「主人公のキャラを、どうするか。モンスターが出てくるんだから、ファンタジーの世界だけどさ、主人公は勇者って感じじゃないよなぁ」

プレイの手を止めて聞いた榎本に、堤はぼやく。

「そうか、モンスターと戦わずに逃げたりするもんなぁ。ぜんぜん、勇ましくない」

勇がうなずいた。敵から逃げるのは、このゲームの重要な戦略だ。

「あれがいるじゃない、ドラフレの、商人のキャラクター」

榎本がこともなげにそう言うと、堤は組んでいた腕を解いて、榎本の肩を叩いた。

「タビーだ!」

旅の商人、タビーは、前作のドラフレに登場した商人のキャラクターだ。

「タビーか、うん、もらったわそれ」

堤はしきりにうなずいている。言われてみれば、どうして気づかなかったのかと思うくらい、その配役はしっくりときた。

もちろん、まずはプラグドワールドに相談しなければならない。でも、ドラフレの世界観が合わさることを考えると、祐一郎にも、これは面白いゲームになりそうだという予感がしてくるから不思議だ。

おかげで、ピッグスタジオの新作は順調な滑り出しを迎えられそうだった。


仕事帰り、本屋の棚の間を行ったり来たりして、祐一郎は目的の本を探している。トンテンカンパニーへ顔を出した日、榎本のデスクに置いてあるのを見かけた、ロジェ・カイヨワの『遊びと人間』という本だ。

聞けば、榎本はゲームづくりの参考になるかもしれないと思って、その本を買ってきたのだという。

みんなみたいに感が鋭くないから、俺こそああいう本を読んで勉強しなきゃダメだ。

そう思って、まずは同じ本を自分も読んでみようと、そういう腹積りなのだ。

学術的な文庫本の並んでいる棚から、目的の本を見つけ出した祐一郎は、いそいそと会計を済ませて帰った。

部屋へ戻ると、晩御飯を手早く済ませる。そして、食後のコーヒーをお供に買ってきた本を読み始めた。学術書だけあって、すらすらと読めるような本ではないし、外国語を和訳した本特有の回りくどさもある。

ただ、書き出しの内容は、慣れない分野の本に尻込みする祐一郎をひどく元気づけた。遊びというものは無為なものとみなされがちだが、一方で文化の発展に不可欠のものという見方もある。そんな話題から始まって、遊びがどんなふうに現実社会に影響を及ぼすかが序論としてまとめられていた。

やるべき仕事が見つからず、悶々としていた中で、少なくともこの仕事は人を幸せにすると信じてトンテンカンパニーに入った祐一郎の考え方に、その序論はぴったりくるように思える。

祐一郎は毎晩、寝る前の時間を使って本を読み進めた。いかんせん難しいので、読みながら、気づくと寝てしまっていることもしばしばだ。

ある日の朝などは、祐一郎が目を覚ますと、ちゃぶ台に突っ伏したまま、部屋の電気もつけっぱなしのまま、時計はいつも家を出る時間の十分前を指していた。

あかん、これじゃ、ネムキチの勇みたいや！

飛び起きて、最低限の身だしなみだけ整えて、部屋を出る。なんとか、遅刻にならないギリギリの時間の電車を駅のホームで待っていると、くしゃくしゃの髪を手櫛でなでつけながら、いかにも起き抜けといったふうの勇がやってきた。

「あれぇ、祐一郎、この時間にいるのめずらしいなぁ」

そう言って、声をかけてくる。いまだに近所に住んでいる二人だが、祐一郎の職場が遠くなったぶん、出かけるのも早くなったので、朝の電車でばったり出会うことはあまりない。

「ちょっと、寝坊した」

「なんや、遅くまでゲームでもしてたんか」

祐一郎は、違う違う、と首を横に振る。

「この前、榎本くんに教えてもらった本を読んでて」

「へぇ。あの、なんとかって本か、面白いん？」

「面白い。あのな、遊びの性質を四つに区分して、競争、運、模擬、眩暈って言ってな……」

祐一郎はそう言って、仕入れたばかりのウンチクを披露した。他人のふんどしでも、そうやって話していると、不思議と自信が溢れてくるから不思議だ。

だんだんと熱を帯びてくる祐一郎の話を、勇はどこか眠たそうに聞いていた。


じゃらじゃら、じゃらじゃらと金属の玉が擦れる音と、電子音。気がつくと祐一郎は、その渦のただ中でスツールに座っていた。右手が、パチンコのハンドルを握っている。驚いたことに、目の前にある台は、大阪で決別してきたはずの愛機、二百十七番の台のニーナなのだった。

慌てて、ハンドルから手を離す。

苦労してやめたのに、俺、何やってんだ。

とにかく店を出ようと、席を立つ。客の間を縫うように歩き、台の並ぶ列の外に出た。

だが、大通りに面してあったはずの出入り口はそこにはなく、壁があるばかりだ。

あれっ。

そう思って、反対方向へ歩いてみる。ところが、大して広くもない店内をどう歩いたものか、もう一つあったはずの出入り口へも、たどり着くことができない。

その時、混乱して立ち往生する祐一郎の意識を、けたたましい目覚まし時計の音が覚醒させた。はっとして目を開けると、祐一郎はまた、電気がつけっ放しの部屋でちゃぶ台に突っ伏している。電気代がもったいない、と思った。

嫌な夢、見たなぁ。

上体を起こしながら、苦々しい気持ちになる。夢に見た理由はわかりきっていた。例の本に、ギャンブルに類する遊びの話題が登場したからだ。

本は、ちゃぶ台の上にページを開けたまま伏せて置いてある。本に開きグセがつくなぁと思ったが、なんとなく手に取る気が起きなくて、そのままにしておく。とにかくコーヒーでも飲もうと、ギシギシする体で立ち上がり、キッチンへ向かった。

コポコポと、コーヒーメーカーが黒い液体を落とすのを眺めながら、本の内容を思い出す。カイヨワは、競馬や宝くじようなギャンブルもまた、偶然を楽しむ遊びなのだという。たぶん、パチンコもその範疇に入るだろう。

たとえば、トランプで遊ぶ時の手札の良し悪しも偶然の要素の一つで、それがどれだけ遊びを面白くするか、祐一郎にもよくわかる。そして、競争社会に疲れた人々に、偶然の遊びはちょっとした息抜きと、夢を与えてくれるのだ。

自分は意を決してパチンコをやめたのに、そんなふうに本に書かれているのを見ると、まるでいいことずくめみたいで、混乱する。頭を一つ振って、眠気を飛ばすように、まだ熱いコーヒーを飲んだ。

とにかく、会社に行く準備しよ。

動きの鈍い頭でそう考える。

幸い、仕事のほうは順調だった。ゲームバランスの調整には気を使うし、やることは山ほどあるし、開発が終盤に差しかかった現在、目の回るような忙しさではあるが、変に悩むことがないのはいい。何しろ、絶対面白くなると、堤や榎本の太鼓判つきの仕事だ。

空になったマグカップを置いて、身支度を始める。ちゃぶ台の横を通り過ぎざま、開きっぱなしだった本をきちんと閉じた。

俺がパチンコで不幸になったのは、俺が遊びを堕落させたからや。

きっと、本の理屈だとそういうことになるのだと、祐一郎は思った。遊びの中でのことは、遊びの中だけのこと。やめようと思えば、いつでもやめられる。それが遊びというものので、過剰に執着してはいけない。

俺、遊びに関わる仕事に、向いてないんじゃないか。

ぼんやりと、そう思う。

遊びを正しく遊べない奴が、遊びをつくれるのか。

そんな後ろ向きな考えが、浮かんでは消えていく。仕事に悩みがないのはいいが、そのぶん、祐一郎の頭は際限なく自問を繰り返した。

財布の中をのぞいてみて、祐一郎は慌てた。

「あの、すみません、やっぱりいいです」

ぺこぺことレジの店員に頭を下げて、買うつもりでいた本を棚へ戻しに行く。少し離れたところで待っていた勇が、怪訝そうな顔をした。

「どうしたん?」

「お金、なかった」

「なかったって、さっき下ろしに行ったやん」

「うん」

ＡＴＭでお金を下ろして、下ろしたお金を財布に入れずに出てきてしまったらしい。本を元あった平積みの上へ置き、財布をリュックにしまった。

「悪いけど、もう一回、ＡＴＭ寄らして」

「いいけど」

呆れ顔で、勇はうなずく。

二人は書店を出て、ついさっきも寄ったばかりの銀行へ向かった。勇には外で待っていてもらい、一人で中に入る。ＡＴＭコーナーのみが解放された休日の行内は、しんと静まりかえっていた。

あれ、俺、ちゃんと財布しまったっけ?

急に不安になって、ぎくりとする。ついさっき、ちゃんとリュックにしまった。しまったはず。大丈夫だ。

　大丈夫、大丈夫と自分に言い聞かせながら、リュックの中を探す。財布は、ちゃんとリュックの中にしまってあった。

　ほらな、うん、大丈夫や。

　それでもまだ不安な気持ちで、大丈夫、大丈夫と心の中で繰り返す。それから、一拍置いて、そうだ、お金を下ろすのだったと思い出して、ＡＴＭへ向かった。さきほど下ろした金は、やはりもう消えている。

　キャッシュカードを入れて、金を下ろす。大丈夫だ、お金を下ろすくらいなんでもない、大丈夫だ。

　今度は、ちゃんと下ろした金を財布にしまって、財布はリュックにしまって、銀行を出た。

　ラーメン屋めぐりに満足し、今度はカレー屋めぐりをしているという勇に連れられて、雑誌のおすすめの店を訪れた。

　席に着き、注文を済ませてしまうと、勇が口を開く。

「タビーのやつ、完成してよかったなぁ」

「うん」

　ピッグスタジオの新作は、先日、無事にマスターアップしたばかりだ。目の回るような忙しい毎日から一転、まとまった休暇をもらったので、祐一郎の体はまだ、急激な生活リズムの変化に慣れずにいる。

「売れるといいなぁ」

「今回のは、売れると思うねん。カイヨワの理屈でいったらな、今回のゲームは偶然と競争のゴールデンタッグやから」

「カイヨワ？」

勇は、通勤電車でばったり会って話したことを、もう忘れている。

「俺が、榎本くんが持ってたのと同じ本、読んでたやろ」

「あぁ、あれか！」

遊びの仕事に、向いていないのではないか。

あの日、生まれた疑いは、祐一郎をますます理屈へ傾倒させた。勇たちみたいな才能はなくても、理屈さえ合っていれば、面白いものはつくれる。そう自分に言い聞かせるように、カイヨワの本は何度も読み返しているし、他の参考になりそうな本もあれこれ読み漁った。

「勇こそ、仕事はどうなん」

「うちはな、椿屋敷の続編、つくり始めてるん」

椿屋敷の発売から、もう一年以上が経っている。自分たちよりも若い社員の増えた会社で、いまや中堅クラスと言っていい勇は、その間、後輩のプランナーを補佐する仕事に回っていたらしい。

「シナリオライターの先生と相談してな、あれこれ考えてた構想が、やっと形になりそうや」

そう言う勇は、嬉しそうだった。

「よかったなぁ」

「うん、よかった。そうだ、さっきのなんとかって本のやつ、あれでいったら、椿屋敷はどうなるんやろ」

今日の運勢でも聞くみたいに、勇は言う。祐一郎はその問いに、表情を曇らせた。

「うん。俺、それもずいぶん考えたんやけど……」

椿屋敷を面白いと思わせる遊びの要素は何か。付け焼き刃で本を読んだくらいでは、なかなか理屈に当てはめるのは難しい。

それとも、俺がこの仕事に向いてないから、理論や理屈もわからへんのやろか。

ああでもない、こうでもないと考えているうちに、そんなことまで考え始めるから、このところ、祐一郎は注意力も散漫になりがちだった。

「祐一郎、祐一郎」

勇に呼びかけられて、はっと気がつくと、目の前のテーブルにはカレーライスが置かれている。考えごとをしているうちに、注文したものが来たらしい。

「あ、いただきます」

慌てて、置かれたスプーンを手に取った。

「おまえ、ちょっとおかしいぞ。さっきだって、二回もＡＴＭに行くし」

勇が、険しい顔で言った。

「そんなことないわ」

確かに少し注意力散漫かもしれないが、きっと忙しかったのが急にひまになったので、体がびっくりしているだけに違いないのだ。大丈夫。大丈夫だ。

祐一郎は、自分にそう言い聞かせる。大丈夫。何も問題はない。

「いや、でも」

「大丈夫って言ってるやろ！」

つい、祐一郎の語気が強くなる。勇は、むっとしたようだった。

「なんや、怒鳴ったりして。心配してるのに」

勇の抗議には答えず、祐一郎はカレーライスを食べ始めた。それを見て、仕方がないというようにため息をついた勇もまた、スプーンに手を伸ばす。

本格派をウリにするマトンカレーは、口の中が燃え上がるみたいに辛い。祐一郎が二口、三口と食べ進めるたびに、次第に舌がしびれるようだった。

辛い。

あまりの辛さに、目が涙で潤んできた。みっともないと思うが、止まらない。カレーライスを三分の一ほど食べたところで、祐一郎の目からは、いまにも涙がこぼれんばかりだった。

意地になって動かしていたスプーンを置く。

「祐一郎、大丈夫か」

気づいた勇が声をかけてきた。

「大丈夫じゃない」

そう声に出して言うと、とうとう、涙がこぼれた。

「祐一郎、ほら、水」

「大丈夫じゃない。俺、ゲームの仕事に向いてないかもしれん」

脈絡のない話題の転換に、勇が絶句した。

「えっ、なに？」

祐一郎の言葉にだいぶ遅れて、そう聞いてくる。

「おまえや榎本くんみたいに、どうしてもできん。最初からゲームつくりたくて会社入ったわけでもない、新会社だって堤くんに誘われたからふらふらっとついていって、ついていったはいいけど、自分ではよくわからんから、タビーだって、堤くんや榎本くんが面白いって言うから自信持ってつくれただけや」

一気にまくしたてた祐一郎を、勇は呆気にとられて見ている。たくさんの客で賑わっていた店内が、いまは静まり返っていたが、祐一郎には、そんなことに気づく余裕はとてもなかった。

「ちょっと、まて、おまえ」

勇がなだめようと声をかけてくる。その先を、祐一郎はとても聞く気になれなかった。

「俺、会社に、いていいんやろか」

知らず、こぼれた言葉が、思いのほか祐一郎の胸にずしりときた。動揺して、席を立つ。

俺、会社に、いていいんやろか？

大丈夫、と疑問を打ち消すこともできずに、同じ自問を何度も繰り返す。このまま会社にいたら、若い社員はどんどん入ってきて、自分も堤や榎本みたいな立場になっていく。その時に、自分は会社にいられるだろうか。

「祐一郎」

勇に心配するように呼びかけられると、もうたまらなかった。

祐一郎は脱兎のように駆け出し、体当たりするみたいに店の扉を押し開けて、外へ出る。人で混み合う道を、滅茶苦茶に駆ける。途中、肩や腕を何度も人にぶつけた。呼吸が上がり、喉に痰がからんでくる。雑踏の音が消えて、耳の中はぜえぜえという聞き苦しい呼吸音で満たされた。

走ったのは、たぶん、それほど長い時間ではない。気がつくと、古びたビルの並ぶ薄暗い通りだ。

帰り道の心配をする気力が、祐一郎にはなかった。そのままさまよい歩いて、ベンチとバネで揺れる馬の遊具と申し訳程度の木しかない、小さな公園に行き当たる。

祐一郎は、ベンチに力なく腰を下ろした。

パチンコをやめるって決めた時も、こうしてベンチに腰掛けてたな。

ふと、そんなことを思い出す。あの時は、空に月が出ていた。いま、ビルの隙間とわずかな木立の間から見上げる空に月はない。真昼なのだから当然だったが、祐一郎はそれをひどく残念に思った。

成田空港の出発ロビーで列に並びながら、祐一郎は落ち着きなくあたりを見回していた。

「あんまりキョロキョロすんなよ、ユッチー」

「あの、堤くん、僕やっぱり……」

「行かない、なんて言うなよ。もうここまで来ちまったんだから」

前に並ぶ堤が、尻込みする祐一郎を意に介する様子もなくそう言う。いま、ビッグスタジオの面々がいるのは、国際線の搭乗口へ向かうセキュリティチェックの列だ。彼らはこれから、スペインへ一週間の社員旅行へ出発するのだった。

祐一郎はそわそわと、手元の搭乗券とパスポートを確認する。何か忘れ物はないか、言葉は通じるのか、不安に思うことを挙げればきりがない。

本当は、この社員旅行には参加しないつもりだった。次のプロジェクトが始まる前に会社を辞めようと決意して堤に連絡をしたが、まあ社員旅行くらいは参加していけと、取り合ってもらえなかったのだ。仕方がないので、旅行が終わって日本へ帰ってきたらすぐ渡せるよう、退職届をスーツケースに忍ばせてきた。

でも、よく考えたら、初めての海外旅行だぞ。

仕事を辞める、辞めないで悩みに悩み、その問題は祐一郎の頭からすっぽり抜けてしまっていた。昨日、荷造りを始める時までは。

でもよくよく考えたら、スペインなんて言葉もさっぱりわからない。大学時代の友達が一人、スペイン支社勤務になったと聞いたことがあるだけで、縁もゆかりもない未知の国だ。

「あの、堤くん、僕やっぱり……」

「はいはい、手荷物はこのトレーだってさ」

堤は、やっぱり祐一郎の訴えを聞く気がない。

団体で、ガイドもつくから心配ないって言ってたけど……。

渡されたトレーにリュックや腕時計を置きながら、堤に言われたことを思い出す。それでも、全然、大丈夫な気がして来ない。

荷物を乗せたトレーを検査用のレーンに置いて、祐一郎自身は金属探知機のチェックを受ける。

「この荷物は?」

荷物のチェックをしていた係員が、そう言った。おどおどしながらもチェックを終えた祐一郎は、焦って係員のほうを見る。係員の手元には、祐一郎のものよりずっと小洒落た、赤いリュックが置かれていた。

「あれ、俺だ」

堤がそう言って、難しい顔の係員のところへ寄っていく。係員が、リュックを開けて中身を改めた。少しの間、ごそごそと中を漁ると、ちょっと笑って何かを取り出す。

「あのね、花火は持って乗れないからね」

係員の手には、手持ち花火のパッケージが握られていた。どっと、社員たちから笑いが起きる。

「花火はダメだよ~」

「あ~、焦った」

口々に言う社員たちに、堤も笑った。

「あちゃー、だってマキマキが、地中海のビーチで花火したら絶対盛り上がるって言うからさ～」

勇のやつ！

堤の口から出た勇の名前に、思わず、祐一郎の口もほころぶ。

トンテンカンパニーからの移動組の口からも、牧谷くんかー、と納得の声がもれた。係員が花火を回収し、赤いリュックは再度、検査に回されていく。

勇とは、カレー屋での一件以降、一度も会っていなかった。何度も部屋を訪ねてきたり、電話をかけてくれたりしたのだが、祐一郎が居留守を決め込むうちに、あっちもあきらめたらしい。悪いとは思ったが、仕事を辞めようと思っているなんて言ったら、そんなのとんでもないと反対されるのは目に見えている。それを思うと、どうしても顔を合わせる気にならなかった。

検査レーンから、自分の荷物を受け取って検査場を離れる。

でも、この旅行に勇が来てたら、少しは気楽だったかな。

そう思うと、少し惜しい気もするのだった。

部屋の扉を、ドンドンと堤が叩いている。

「ユーユー、ここ開けろって！」

「嫌だ！」

十時間以上、飛行機に乗ってたどり着いたマドリードのホテルで、祐一郎は部屋に立てこもっていた。成田空港での出来事でいくらか和み、旅行に前向きになっていた祐一郎の心は、飛行機から降り、ホテルに着く頃にはまたカチカチに頑なになってしまったのだ。

気流が乱れているとかで機体は揺れるし、食事を持ってきてくれた外国人の乗務員はなかなか祐一郎のウォーターの発音を聞き取ってくれないし、ホテルに着くまでの掲示物は全部外国語だ。すっかり気力を使い果たした祐一郎は、一晩ホテルで休み、今日の朝、みんながバスで観光に出かけるのにもついていかずに部屋にこもっていた。

「ユーポン、昼メシだって食べてないんだろうが！」

「それは、食べてないけど……」

堤の言葉に、祐一郎は力なく返す。朝、バスを待たせていたため、祐一郎を観光に連れ出すことを諦めた堤は、今度は夕食に祐一郎を連れ出そうとしてくれているのだ。恐ろしくて、ルームサービスをとることもできなかった祐一郎の腹具合は、正直に言ってもう限界を迎えている。

「ホテルのレストランなんだから、大丈夫だって！　ほら、出てこい！」

堤のその言葉に、祐一郎は恐る恐る、扉を開けた。

「でも、注文ちゃんとできるかどうか……」

なおも祐一郎がそんなことを言っていると、ちょっとだけ開けた扉を、堤が引っ張って大きく開き、呆れた顔をする。

「そんなもん、誰か英語できる奴に頼めって」

それなら、なんとかなるかもしれない。

空腹に負けた祐一郎は、とうとう、自分から部屋を出た。

他の社員たちはもう、先にレストランに集まっているらしい。エレベーターで一階にあるレストランへ向かうと、ピッグスタジオの面々は、めいめい好きなテーブルに陣取って、もう食事を始めているようだった。

「あ、来た来た！」

「神田くん、体調大丈夫？」

祐一郎が顔を出さなかったのを、体調不良のためだと思っているらしい男から、そんな声をかけられる。申し訳ない気持ちで、大丈夫、と苦笑いしながら、祐一郎は手近な席についた。

「さー、乾杯するぞー」

そう言って、さっそく店員からビールを受け取ってきた堤から、ジョッキのビールを渡される。もうすでに食べ始めていた他のみんなも、飲みかけのグラスを手に持った。

「えー、このたびはー、タビーのびっくり洞窟探検も無事マスターアップして……」

「社長、かたーい！」

「堤くん、かっこいいぞー！」

立ったままスピーチを始めた堤に、すでに酒が入って上機嫌の面々から、そんな茶々が入る。

「うるせー、せっかく社長らしくしてんだから最後まで聞け！」

堤の言葉に、また、どっと笑いが起きる。

その時、フロントのスタッフと思しきスーツの男がレストランまで入ってきて、きょろきょろと辺りを見回した。それから、手近の男に声をかける。祐一郎は、外国語で声をかけられてはたまらないと、明後日のほうを向いていた。

「堤くん、フロントに電話がきてるって」

応対をした男が言う。

「えー、電話？　ユーポン、ちょっと持ってて」

祐一郎にジョッキを預けて、堤はフロントへと、ホテルのスタッフについていった。

「わざわざ、海外のホテルまで電話なんて、なんだろうね」

「また彼女に浮気がバレたんじゃないの」

テーブルで交わされる会話に、まさかとも言えずに、祐一郎はいったんジョッキをテーブルに置く。

しばらくして戻ってきた堤は、常になく慌てた様子だった。

「タビー、バグが出たって連絡だった」

たぶん、胃の縮まる思いがしたのは祐一郎だけではなかっただろう。みんな、一様に酔いの醒めた顔で、ざわざわと騒ぎ出す。その間に、堤は問題の箇所に関わりがありそうな数名を呼んで、あれこれと相談をしている。

「えー、ちょっとやべーので、俺とこいつらだけ、日本に戻ってバグ直してきます」

相談を終えた堤は、ひらひらと手を振ってみんなの注意を引いてから、そう言った。

テーブルの各所から、ひぇー、だの、うわー、だのと悲鳴があがる。

それから堤は、自分たちはすぐ荷物をまとめ、帰りの飛行機の手配をすること、今後の旅行のことなど、現時点でわかることを伝えた。そして、ざわつく空気の中で、再びビールのジョッキを手に、中断してしまっていた乾杯の音頭をとる。

「そういうわけで、タビー、無事に完成してねーけど、乾杯！」

神妙な雰囲気になっていた場に、また笑いが起こった。おどけた言い草に、楽しい旅行の空気が戻ってくる。もう、本人も笑っているのだから、堤の肝の据わり具合も大したものだ。

荷造りをするため、部屋に戻っていく堤たちを尻目に、祐一郎も食事に手をつける。

この時の祐一郎は、とにかく食べ物にありつきたい気持ちと、動揺とでちっともそこまで頭が回らなかったのだが、自分も一緒に帰らせてもらえば良かったと気づいて後悔したのは、堤たちが無事、飛行機のチャーターを済ませてホテルを発った後だった。


石畳の小洒落た道を、祐一郎は一人でびくびくと歩いている。

いったい、何がこんなに小洒落た雰囲気を醸し出しているのかよくわからないのだが、とにかく、街灯も小洒落ていれば、連なる建物のちょっとした装飾も、飲食店の看板も、何から何まで小洒落て見える。あるいは、空港からホテルまでの道すがら、参考資料になりそうだと大興奮で写真を撮りまくっていたグラフィッカーのみんななら、日本の街並みとどうディテールが違うのか、聞けば答えてくれたかもしれない。

しかしあいにく、今日は各々自由行動の日で、観光を断固拒否している祐一郎はみんなとは行動を別にしていた。本当はホテルに引きこもっていたかったのだが、今日の夕食はホテルのレストランではなく、みんな各々で済ませてくるらしい。仕方がないので、日本語のメニューが置いてあるとガイドブックに載っていた店を教えてもらい、祐一郎は夜の街を歩いているのだった。

でも、これ、外国語でもいいから、ホテルのレストランで食べたほうがよかったかもしれん。

親切にも、社員の一人がガイドブックのページを破りとってくれた地図を手に、祐一郎は考える。

ホテルから徒歩で行ける店を教えてもらったものの、一人で外国の街を歩くのはひどく不安だ。スリにあわないようしっかりリュックに気を配る。

「えーと、ここの道を右で……？」

地図に従って、右に曲がる。街は夜でもにぎやかだったが、大通りを離れて路地に入っていくにつれ、人通りは少なくなっていった。

日本人向けの店で、地元民は行かないような店だから、人通りの少ないところにあるのかな。

歩きながら、そう思う。だんだんと心細くなってきた。

もしかして、道を間違えたかな。

祐一郎が、そう思い始めた時だ。向かいから歩いてきた男が、地図を手に立ち止まる祐一郎に気づいて、声をかけてきた。彫りの深い、カールのかかった栗色の髪の男だ。

「ハポネス？」

スペイン語で話されても、祐一郎にはさっぱりだ。かろうじて、その単語だけ聞き取れた。

「い、イエス、ハポ……ハポネス」

英語だかスペイン語だかわからない言語で日本人だと答えると、相手の男は嬉しそうに歓声をあげる。

「ハポネス！」

その後にも、またスペイン語であれこれとまくしたてられたが、さっぱりわからない。

日本が好きだって言ってるのかな。

声のトーンからなんとなくそう思うが、根拠はまったくない。祐一郎に言葉がまったく通じていないことを気にする様子もなく、ひとしきりしゃべった男は、祐一郎が持っている地図に目をとめたようだった。地図を指差して、また話しかけてくる。

「えーと、道に迷ってて、この店に行きたくて」

言うと、男は安心させるように、しきりにうなずいてくる。見せてみろ、と手を差し出されたので、祐一郎は地図を手渡した。

男は地図を見ると、肩をすくめたり、首を振ったりする。

やっぱり、道が間違ってるんや。

まいったな、と祐一郎は思う。すると、男は地図を持ったまま、こっちだというように祐一郎が来たほうを指差しながら歩き出した。

道案内してくれるんや。

そう思ったが、少し不安な気もする。本当に、この見知らぬ男についていっても大丈夫なのか。だが、頼みの綱の地図は男に渡してしまっていた。あれがないと、祐一郎はホテルまで戻れる自信もない。

祐一郎は、男について歩き出した。まあ、友好的な態度だし、きっと大丈夫だろうと、楽観的に考える。仕事のことで悩み始めてからこっち、ネガティブ方向に針の振れっぱなしだった祐一郎の頭は、少し疲れていたのかもしれない。

男は、道案内の間も、しきりに何かを話していた。スペインの連中は、日本人に比べるとずっと陽気だ。スペインに来てからほとんど外を出歩かない祐一郎にも、ホテルのスタッフや、道行く人々の様子からそれが感じ取れる。

言葉は通じないながら、男は、自分の知っている日本の知識を片っぱしから披露してくれているようだった。サケ、フジヤマ、トーキョーと、ところどころ聞き覚えのある単語が飛び出してくる。サケの話題の時は、どうやらサケは好きかと聞かれているようだったので、祐一郎はイエス、イエスとうなずいておいた。

どれくらい歩いたのだろう。必死に男の言葉を聞き取り、できるかぎり受け答えしていた祐一郎は、いつの間にか、自分たちがずいぶんうらびれた通りを歩いていることに気がついた。

こんなとこに、レストランなんかあるかな?

あるわけがない、と自答する。街灯こそ灯っているが、人通りはほとんどなく、店らしきものも見当たらない。立ち並ぶビルは、大通りに並ぶような小洒落たものではなく、そっけないコンクリートの壁に、剥げたペンキの代わりにスプレーで落書きがしてある有様だ。

「あの」

男に呼びかけたものの、その先、何を言っていいかわからない。ただ、男は祐一郎の顔に浮かぶ不安と不審の表情を読み取ったようだった。彼は人懐っこく笑い、地図を示してみたり、うなずいたりして、道はわかっているから大丈夫だと伝えてくる。

もう、いいか。

突然、祐一郎の頭にそんな諦観がひらめいた。どうせ、この後日本に帰っても、仕事を辞めて、当分は社会に必要のない人間として生きるのだ。トラブルにあって帰国できなくてもなんの問題もない。退職届はスーツケースの中にあるから、自分が戻らなくても退職の手続きはつつがなく済むだろう。

冷静に考えればそんな馬鹿な話があるわけはないのに、祐一郎はすごくいいことに気づいたような気になって、一人で何度もうなずいた。

「わかった、行こう、兄弟！」

自分より頭半分くらい背の高い男と、肩を組む。祐一郎の反応に気を良くした男もまた、祐一郎の肩に腕を回してきた。二人は気心の知れた友人同士みたいに、肩を組んで歩き出す。

男が祐一郎を連れていったのは、やっぱりペンキの剥げた、古びたビルの一室だった。アパートなのだろう、むき出しの錆びた配管、タイルがところどころ剥がれた床はひどく荒んだ様子だったが、明るい緑の壁だけが日本人にはないセンスの良さと居心地の良さを感じさせる。

リビングらしき部屋には、カバーのあちこちにシミができたり擦り切れたりした、粗大ゴミ寸前のソファがあり、そこに無精髭を生やした男が一人、だらしなく座っていた。同居人か何かだろうか、祐一郎を連れてきた男が親しげに話しかける。身振りから、祐一郎のことを無精髭に紹介しているのだと知れた。紹介が済むと、無精髭はにやにやと笑い、ソファに預けていた上体を起こして祐一郎を手招く。祐一郎は言われるままソファに座った。

男たちは、二人で何か話し始めた。祐一郎に向けてジェスチャーをしながら話してくればある程度意図が掴めるようにはなったものの、ネイティブ同士の会話になるとさっぱりだ。ひとしきり話した後、祐一郎を連れてきた男のほうが、リビングを出て他の部屋へ行ってしまった。

男が戻ってくると、その手にはタバコのようなものが握られている。市販の紙巻タバコのようではあるが、妙に不恰好だ。男はそいつを咥えて火をつけた。立ち上る煙から、青臭いような、どこか甘いような匂いがする。気持ち良さそうに目を細めた男は、祐一郎にタバコを差し出してきた。見ると、それは紙巻タバコではあるのだが、市販のものではなく、男のお手製の品のようだ。

これ、ヤバイやつだな。

おそらく巻かれているのは大麻か何かだと思ったが、祐一郎はそれを手に取った。普通のタバコと同じ要領で、すうっと煙を吸い込む。

頭のてっぺんから、ふわっと何かが抜けていく感覚があった。身体中の筋肉がゆるゆると弛緩する。男たちの笑い声が、幸せな音楽みたいに響いた。

初めての大麻で骨抜きになった祐一郎を、男たちは面白がり、喜んでいる。

「もう一服いけよ、兄弟」

なぜか日本語で、無精髭がそう言った。遠慮なく、もう一息、煙を大きく吸い込む。祐一郎の体は、もう骨も筋肉もすっかり溶けてしまって、綿の詰まったぬいぐるみみたいだった。スプリングのすっかりへたったソファが、雲か何かみたいにふかふかしている。

そんなゲームがあったな、と思った。雲の上をふわふわとジャンプしていく、そんなアクションゲームを、トンテンカンパニーのみんなでテレビを囲んで遊んだな、ととろけた脳みそで考える。

「俺はさぁー、ゲームつくってたんだよねぇ」

男たちに向かって、そう言った。

「わかる？　テレビゲーム。ドラゴンズフレイム」

しゃべっているうちに、緑の壁が溶け出して、いろいろなものの輪郭があいまいになっていく。壁はどんどん溶けていき、錆びた配管も、ボロボロのタイルの床も、みんな飲み込んでしまった。気がつくとそこは、エメラルド色に輝く海だ。波は極彩色に照り返し、空には白い三日月が浮かんでいる。

　ゆらゆらと揺れる小舟で、祐一郎は海を漂っているのだった。揺れる。揺れる。あんまり揺れるので、祐一郎は小舟を降りて、タコみたいにぐにゃぐにゃの足で、海の上を歩き出した。一歩ごとに、ぐにゃり、ぐにゃりと足があらぬほうへ湾曲する。やっぱり、骨がないと不便だな、と祐一郎は思う。

　歩きづらさに気をとられているうちに、エメラルドの海は消え、祐一郎はいつの間にか石の荒野をさまよっていた。足元の感触は硬く、冷たい。急に不安になった祐一郎の喉が、ふいに火を吹いた。熱い。痛い。それが吐き気だと気づいた時には、祐一郎はもう、アスファルトの路上に嘔吐していた。

　車道のど真ん中に、祐一郎は大の字になって転がっている。

　レストランを探し歩いていた通りとも、男に連れられていった通りとも違う、見知らぬ、さびしい道だ。車通りがないのは幸いだが、帰り道はさっぱりわからない。金やパスポートの入ったリュックは紛失していた。あれを盗るために、男たちは祐一郎を前後不覚にしたんだな、と思った。靴もなくなっていたが、履き古したスニーカーを彼らが欲しがるとも思えないから、こちらはどこかで自分で脱いだのだろう。

「あはははははは！」

　おかしくてたまらなくなって、祐一郎は笑い出した。ふひひ、うひひひひ、ひゃははははと、一度起きた笑いの発作はなかなか収まらない。

　夢うつつに見たエメラルドの海を思い出し、まるでガウディの世界だったな、と思った。

9章　午前三時のファンファーレ［勇］

ピンポン、とチャイムを鳴らしてみても、返ってくる反応はない。勇はため息をついて、祐一郎の部屋の玄関ドアを眺めた。

カレー屋で祐一郎が突然帰ってしまってから数日。勇は毎日、出勤前や帰りに祐一郎の部屋に寄っているが、一度として、祐一郎は顔を見せない。夜に来ると電気がついているので、居留守なのはわかりきっていた。

まあ、生きてるのだけはわかったから、ひとまず安心やけどなぁ。

心の中でボヤいて、勇は扉の前を離れる。慣れない早起きを続けているせいで、頭はまだ半分くらい夢の中だ。

最後に会った時、祐一郎はだいぶ様子がおかしかった。そのまま失踪でもしてしまうのではと心配したが、部屋には戻っているようなので、しばらく様子を見てみるしかないだろう。

会社にいていいんやろか、ってさ。

いつもは遅刻寸前で走って通る道を、ゆるゆると歩きながら祐一郎の言葉を思い出す。

わけ、わからんな。

勇には、祐一郎の心境はさっぱりわからない。勇だって、勤め始めの頃には自分はこの会社でやっていけるのかなんて考えたこともある。でも、自分の会社に来いと堤から誘われて、ゲームづくりも順調にいっていたみたいなのに、会社にいて悪いなんてことがあるだろうか。

勇なりに、祐一郎の心情を推し量ろうとしてみる。だが、残念ながら答えはちっとも出ず、会社に到着した頃には、慣れない悩みごとに頭痛がし始めそうな有様だった。

「牧谷さん、おはようッス」

デスクにつくと、高西に声をかけられた。ずっとプログラマーとして仕事をしてきた高西も、今回のプロジェクトではプランナーとして勇のアシスタントをしてくれている。

「おはよう、高西くん」

「今日、朝イチでシナリオ会議ッスよね」

「うん、そうやな」

うなずくものの、勇自身はすっかりその予定を忘れていた。

いかん、いかん。

頭を一振りして、気持ちを仕事に切り替える。

いま勇が取り組んでいるプロジェクトは、椿屋敷の続編にあたるものだ。八人の主人公にそれぞれの物語があり、主人公のした行動は、他の主人公の物語にも影響を与える。椿屋敷とはかなり違ったつくりのため、シナリオづくりにも工夫が必要になっている。

高西のようなアシスタントプランナーと、シナリオライターとして新たに入社したスタッフ、計八名が集まるのを待って、シナリオ会議は始まった。

会議室の机を端に寄せ、みんなで椅子だけ輪になるように並べて、頭を寄せ合う。

「えーと、どうやったら主人公同士、影響を与えあえるか、やけど……」

資料を片手にそう切り出した勇に、シナリオライターの女が答えた。

「あの、公衆電話で、テレホンカードがあるかどうか、はどうですか？　ケイスケが公衆電話を使うシーンで、ケイスケより前に電話しに来た主人公がテレホンカードを置き忘れたら電話できるけど、なかったらできない、とか」

「お、それいいな」

勇はそう言い、他の七人も、なるほどというようにうなずいている。

「てなると、ケイスケが公衆電話に行くのはいつだっけ」

「五日の午後三時ッス」

尋ねた勇に、今度は高西が答えた。

何しろ、主人公が八人もいるので、いつ誰が、どこで何をしているのか、勇一人ではとても把握しきれない。そこで、スタッフ一人ひとりに主人公を一人担当してもらい、その行動を覚えさせるという方法で、シナリオづくりを進めているのだ。

「五日の午後三時か。それより前に公衆電話のある公園に行く人は？」

「ユカコが行きます」

「あっ、ショウゴも」

勇の問いに、二人のスタッフが手を挙げた。

「二人、なにしてるんだっけ」

「ユカコは、営業の途中で休憩しに」

「ショウゴは昼寝してます」

勇の問いに、すぐに答えが返ってくる。一人でやっていたら、こうはいかない。

「昼寝してちゃダメだ、ユカコにしよう」

言って、いまのアイデアをメモに書き留める。そうやって、シナリオづくりは急ピッチで進められていた。会議を終えるころには、勇のノートは何ページもメモでびっしりだ。

今日も、数時間にわたる会議をして、勇はデスクに戻った。おかげで、シナリオはもうほとんど仕上がっている。

これが仕上がると、いよいよ忙しくなるなぁ。

手元のノートを見下ろして、勇は考える。仕事が順調なのはいいことだ。だが、忙しくなれば、祐一郎のところへ毎日寄るというわけにもいかなくなるのが、勇の気がかりなのだった。


その男はよく日に焼けていて、ヒゲもじゃで、人の話を聞きながら、しきりにうなずくのが印象的だった。

「ふんふん、それじゃあドラマや映画みたいに役者が演技してるところを、写真で撮りたいってこと？　動画じゃなくて？」

勇たちの用意した資料に目を落とす男に、榎本はうなずく。

「そうなんです。こう、テレビ画面に写真が一枚映し出されて、その上に小説が乗っかるような形で使いたくて」

説明する榎本と、勇の間に、小さな緊張が走る。これまでに話を持ちかけた映像作家数名には、この説明をしても、なんだか妙な仕事だと思われたらしく、色良い返事をもらえていなかった。

勇たちはいま、椿屋敷の続編、八人物語に協力してくれる、映画やドラマの監督を探している。八人物語では、椿屋敷と違ってキャラクターがたくさん出てくるため、イラストで描きわけるのは無理がある。だから、役者に演じてもらって写真を撮ったほうがいいだろうと、勇たちは考えたのだ。

「うーん、ゲームの仕事っていうのも、静止画でっていうのも初めてだからざっくりですけど……主人公が八人、だっけ」

「そうです」

「エキストラも相当必要だなぁ。必要な枚数がこれで……いや、シナリオの分量から考えたほうがいいかな」

榎本とやりとりしながら、男が資料にペンを走らせるのを見て、勇はガッツポーズしたい気分だった。不審がることもなく、即座に見積もりまで考えてくれたのは、彼が初めてだ。

絶対、この人を逃したらあかん！

撮影に関して門外漢の勇たちには、絶対に彼の助けが必要だ。そう思って榎本のほうを見る。榎本は勇に深くうなずいて見せた。ちょっと悪い顔をしている。テレパシーみたいに、榎本がいま、勇とまったく同じことを考えているのがよくわかった。

「だいたい、これぐらいかなぁ。いつぐらいまでに、撮影を終えるかでも変わってきますけど」

「それが、申し訳ないんですけどできるだけ早いほうがよくて……」

監督と榎本の相談は、少しずつ具体的になってくる。

これは、引き受けてくれそうや。

勇は横で神妙な顔をしてうなずきながら、もう肩の荷が下りたような気持ちでいる。

「まだいろいろ検討してみなきゃですけど、早めに動きましょう。撮影するとなったら、あちこちに許可とったり、挨拶に行ったり、すぐに撮れるわけじゃないんで」

監督はまた、しきりにうなずきながら、そう話し合いを取りまとめた。

「挨拶？」

「そう、こういう人たちのシマでは、ちゃんと挨拶しないといけないから」

勇が聞くと、監督は自分の頬に、指ですいっと傷を描くジェスチャーをしてみせた。

「あっ、なるほど……そ、それって、僕らも一緒に行かなきゃダメですかね」

ヤクザに怖気づく勇に、監督は豪快に笑う。

「大丈夫、大丈夫。きちんと挨拶すれば、怖がることはないですよ」

「は、はぁ」

到底安心できない様子の勇に、監督は笑いを引っ込めた。

「まぁ、そういうのは慣れてる僕らでやりますよ。いくつか、たとえばビルの所有者に許可をもらう時なんかは、トンテンカンパニーさんを通してもらいますけど」

「はい。よろしくお願いします」

とりあえず、ヤクザのところへの挨拶は免除されるらしい。勇は心底感謝して、深く頭を下げた。

話し合いを終えて、勇と榎本は映像制作会社のオフィスを後にする。とにかく、目下の問題が一つ片付きそうなので、晴れ晴れとした気持ちだった。思いの外、具体的な話し合いができ、時間が長引いたので、外はもう夜になっている。

「この時間だから、今日は直帰にしよう。僕、堤くんと飲みにいく約束だけど、牧谷くんも来る？」

腕時計を確認しながら、榎本が言った。

「えっ、堤くん、帰ってるの？」

堤たち、ピッグスタジオの面々がスペインに社員旅行に行くという話は、ちょくちょく、トンテンカンパニーに遊びに来る堤から聞いている。その話では、彼らはいま、まさにスペインにいるはずだった。

「それが、タビーにバグが出ちゃって、堤くんと何人かだけ、先に戻ってるらしいよ」

気の毒そうに、榎本は苦笑する。

「そうなんや。祐一郎は……」

「神田くんは、まだスペインだって」

「そうか」

勇がなかなか祐一郎を捕まえられずにいる間に、彼は堤に仕事を辞めたいと伝えたらしい。

あのバカ。スペインから帰ったら、ドア壊してでもとっ捕まえてやる。

そう思いながら、勇は祐一郎の帰国を待っている。

せっかくなので、二人の夕食に混ぜてもらうことにした勇は、海鮮がうまいという居酒屋へ連れていかれた。席に案内され、ビールとエイヒレで先に飲みながら、堤を待つ。

「あっ、マキポン！　ったく、おまえのせいでひどい目にあったぞ！」

現れた堤は、開口一番、勇に向かって文句を言った。

「えっ、なに？」

「花火、持ってけ持ってけってうるさいから、持っていったら手荷物検査でひっかかった」

「えーっ、ほんとに？」

勇がまぬけな声をあげると、堤は嫌そうな顔をする。榎本が、めずらしくけらけらと笑った。

「火薬だからねぇ。手荷物でも、預け荷物でもダメなんじゃない？」

「そうなんや。知らなかった」

「マッキーの言うこと鵜呑みにした俺がバカだった……ちゃんと調べりゃよかった……」

渋い顔でぼやきながら、堤が席に着く。

「それで、タビーは無事に終わったの？」

堤がビールを注文すると、榎本がそう聞いた。

「終わった、終わった。いやー、えらい目にあった。急いで戻らなきゃなんねーから、あれだよ、飛行機をチャーターしてさぁ」

堤の話を聞きながら、勇も、ぞーっと背筋の凍る思いだ。

店員の運んできたビールで乾杯し、ひとしきり、片道十時間以上かけて飛行機で日本とスペインを往復するだけという、恐ろしく虚しい旅の顛末を面白おかしくしゃべった堤は、そういえば、と声のトーンを落とした。

「マッキー、ユーユーからなんか連絡いってる?」

「いや、来てないけど」

答えながら、勇はビールのジョッキをテーブルに置く。

「そうか。それがあいつさぁ、一人で外に出た時に、泥棒にあったらしくて」

えっ、と、勇と榎本がそろって声をあげた。

「大丈夫なの?」

「まあ無事にホテルまで帰ってきたんだけど、パスポートも盗られてるからな。再発行の手続きとかいろいろあるんで、みんなと一緒に帰ってくるのは無理だってさ」

榎本の問いに、堤は答える。勇は、頭を抱えた。

「あいつ、なにやってるんや……」

「あっちに大学の友達がいて、そっちに泊めてもらうって言ってるらしい」

「堤くん、その友達の連絡先ってわかる?」

どうも、胃がきりきりし始めた気がする。そう思いながら、勇は堤に尋ねる。

「わからん。まあ、こっちに連絡は入れるって言ってるから、大丈夫だろ」

「連絡きたら、絶対教えて。あいつ、戻ってきたらぶん殴る」

胃のあたりをさすりながら言う勇に、堤はうなずいた。

「まあ、さすがにちょっと心配だしな」

海外旅行にでも行けば、祐一郎の気も晴れるだろうと思っていたら、これだ。仕事は軌道に乗り始めたのに、勇の心配の種はなくなるどころか、立派な芽を出しそうな気配だった。


初夏の日差しがじりじりとアスファルトを熱している中、勇たち撮影班は、ある者はカメラを手に、ある者は小道具を手に、じっと機をうかがっていた。

「つぎ、信号変わったら行くよー！」

監督から指示が飛ぶ。勇は、緊張で唾を飲み込んだ。

渋谷のスクランブル交差点。朝、早い時間を選んだが、それでも少なからぬ通行人が信号を待っている。

信号が青になると、勇たちは駆け出した。死体を模した人形を持っているスタッフは交差点の中央へ、そして勇は交差点を渡ろうとしている人々の前へ、両腕を広げて走っていく。

「すみませーん、撮影中ですので少しお待ちくださーい」

口々にそう叫んだ。

交差点の中央に横たわる死体と、驚愕する第一発見者。そんな刑事ドラマみたいなワンシーンが、衆人の前で繰り広げられ、カメラマンが忙しなくシャッターを切った。奇妙なのは、第一発見者の女性も、周りのエキストラたちも、ぴたりと静止していることだ。

「なんだろう、ドラマの撮影？」

「えー、知ってる役者いるかなぁ」

そんな好奇に満ちた会話が、どこかから聞こえてきた。勇の前のサラリーマンは、腕時計をちらりと見ていらいらとしている。

「すみません、すぐ終わりますから」

勇がそう声をかけるのが早いか、監督が声を張り上げた。

「いいよー、撤収！」

勇は広げていた両腕を下ろし、通行人に頭を下げた。

「ありがとうございました！　通ってくださーい」

人々が動き出し、勇たちもまた、ハチ公像近くにまとめて置いた荷物と待機スタッフの元へ戻っていく。

「どうでした？」

勇が声をかけると、監督は愛嬌のある顔でにやりと笑った。

「ばっちり。だけど、念のためもう一回撮っとこうか」

「わかりました」

そう答えて、次の撮影に向けて勇たちが準備を始めた時、電話の呼び出し音が鳴った。

「あれ、携帯電話が」

勇は、肩からショルダーバッグのようにかけている機械を見下ろす。できるだけ短い期間で撮影を済ませるため、撮影チームはいくつかの班に分かれ、あちこちで同時に撮影を進めている。各班をとりまとめるために、会社が携帯電話をレンタルしてくれていた。

『すみません、こっち、デパートの屋上で撮影してるんですけど、デパートの課長さんが撮影なんか許可してないって』

電話に出ると、トンテンカンパニーの後輩が慌てた様子で言った。

「ええ？　そんなはずないけど」

そのデパートの許可は、ちゃんと社長から取ったのを勇も確認している。

『そう言ってるんですけど、聞いてないって』

「わかった、とにかく、そっち行くわ」

監督やまわりのスタッフに事情を告げて、勇は問題のデパート目指して走り出す。利便性も考えて、撮影場所は比較的、近い場所に集中するようにしている。

エレベーターの扉が開くのももどかしく、勇がデパートの屋上に出た。そこでは屋上プールの横でずぶ濡れの役者と撮影班が途方に暮れて待っている。プールで溺れかけるシーンの撮影で、中断させられたらしかった。

「あの、ここの撮影許可、社長さんにとって、部長さんにも話通してもらったはずなんですけど」

仏頂面で横に立っている、件の課長と思しき男に声をかける。

「だから、そんな話、聞いてないって」

「いえ、確認してもらえれば、ちゃんと」

「ったく、仕方がないな……」

食い下がると、一応確認はしてくれるらしく、男は渋々と屋内へ戻っていった。男が戻るのを待つ間も、風邪をひきそうになっている役者を着替えさせたり、撮影機材を片付けたり、このまま撮影できなかった場合にスケジュールをどう修正するか話し合ったりと、時間はめまぐるしく過ぎていく。

数十分ほど経っただろうか、屋上に、再び課長が姿を表した。その顔は、ひどく不満そうにしかめられている。

「社長からの連絡が、部長までで止まっていたそうで。撮影は自由にしてもらってかまいません」

「そうですか、ありがとうございます」

よほど面白くなかったようで、課長は言うだけ言うと、さっさとまた屋上を去っていく。そういう連絡はちゃんとしておいてくれ、と文句を言いたいのは勇のほうだ。

でも、まあ、なんとか撮影できるようになったな。

ほっとして、スタッフに再開を指示する。さて、自分も元の撮影現場に戻ろうかと思った時、また携帯電話が鳴った。

今度はなんや！

慌てて、受話器を耳へあてた。

『あの、すみません、こっちに今日は使わないはずの小道具がきてて、どこかの班で使う奴が紛れ込んだんじゃないかと』

「ええ、どの小道具？」

詳細を聞き、他の班にも確認してかけ直すと約束して、電話を切る。ただでさえ慣れない撮影という仕事と、ひっきりなしに発生するトラブルで、勇は目が回りそうだった。

ゲームの開発も、完成が間近になるとひどく忙しくなる。だが、経験したことのない別種の忙しさの連続は、まるで嵐のようだった。


その日も勇は、朝から撮影現場に来ていた。

「牧谷くん、この後のエキストラ、入ってもらっていい？」

「いいですよ」

ケータリングの手配の確認をしていたら、監督に声をかけられた。エキストラとして参加するのも、慣れたものだ。少しだけ、自分も業界人になったみたいな気持ちになる。

さて、どんなふうに映ろうかと考えながら、肩にかけていた携帯電話を下ろそうとしていると、携帯電話が鳴り出した。

またトラブルか。

勇はそう思いながら、電話に出る。

『あっ！　牧谷さん！』

電話をかけてきたのは、高西だった。アシスタントプランナーとして、彼にもまた、別の撮影現場の取りまとめを任せている。

高西の慌てた声に、勇も慌てた。

「高西くん、なにかあった？」

『あの！　後でまた電話するッス！』

えっ、と勇が戸惑っている間に、電話は切れてしまう。

なんのための電話や！

そう思いながら、ツーツーと音をさせる受話器を耳から離し、勇はそれを見つめた。

「高西くん、大丈夫？」

「さあ……後で電話するっていう、電話でした」

聞いた監督も、言った勇自身も首をかしげる。

近頃、高西は慌てて勇に電話をかけてくるということがよくあった。内容は瑣末なことで、やれ、撮影が始まりましたとか、弁当が一つ余分だったとか、明日は勇がどこにいるかとか、緊急でもなんでもないことが多い。ただ、勇の声を聞くと安心するらしく、それで日に何度も携帯電話にかけてくるのだった。

プランナーの仕事が、プレッシャーになってるんかなぁ。

エキストラに出る用意をしながら、そう思う。高西は、大きな図体に似合わず、繊細な男だ。大勢を取りまとめるような仕事は、得手ではないのかもしれなかった。

撮影は、おおむね滞りなく進んだ。夜になって、勇や監督などの一部の撮影スタッフはスタッフルームに戻る。撮影期間中の拠点として借りた、現場近くの小さなオフィスビルのワンフロアに、他の班の撮影スタッフもちらほらと戻ってきていた。

「高西くん、撮影、問題なかった？」

そこに高西の姿を見つけて、勇は声をかける。

「はい、ええと、十分くらい押したけど、大丈夫ッス」

「大丈夫って、昼間、変な電話寄越したやん」

「いやぁ、へへへ、すんません」

高西はバツが悪そうに、頭をかいた。

まあ、問題なかったなら、いいか。

呆れつつもそう思って、勇は追及をあきらめる。

「牧谷さん、明日は会社のほうですよね？」

「うん」

明日は撮影の中休みだった。だが、勇や他のトンテンカンパニーの社員たちには撮影以外の作業も山積みなので、会社で溜まっている仕事を片づけなければならない。

勇がうなずくと、高西はにまにまと笑った。

「牧谷さん、明日は、ご迷惑おかけするッス」

「え？　迷惑って？」

「いや、ちょっと、明日はちょっと」

何度か押し問答したが、高西はそれ以上しゃべる気はないらしい。

「なんや、変な奴やな」

仕方がないので、勇はこれも追及をあきらめた。

飲んで帰るという監督たち、映像制作会社の面々からの誘いを断って、勇はスタッフルームを後にした。朝早くから撮影し、終電まで飲んで帰る。それを毎日繰り返しているのだから、業界人というのは恐ろしくタフだ。

翌日、勇はトンテンカンパニーに出社すると、まず撮影したもののチェックから始めた。予備の写真を含めて膨大な写真を撮っているが、すべてをデータ化している余裕はない。だから、ネガを見て、使う写真とそうでない写真を選別するのも、勇の仕事だった。

いつもは撮影が終わってから、夜中に会社に来てこの作業をするのだが、今日は朝一番なので、ずっと仕事がはかどる。

「なんだよ、これ！」

勇が気持ち良く仕事をしていると、怒声が響き渡った。見ると、シナリオライターとして入った若い男が、高西に詰め寄っている。

「なにって、書いたままッスけど」

「なんだと！」

いまにも殴り合いが始まりそうな雰囲気に、勇はすっ飛んで行った。

「ちょっと、ちょっと！　どうしたの！」

「こいつがめちゃくちゃなメール送ってくるから！」

「本当のこと書いただけッス！」

激昂する男と、やはり興奮している高西とで、勇が仲裁に入っても収集がつかない。

ただ、怒鳴り合う声の断片をつなぎ合わせると、どうやら、シナリオライターの男への不満を溜め込んでいた高西が、彼への非難を書き連ねたメールを送りつけたと、そういうことのようだった。

荒れ狂う番犬のように激しく口論していた二人だが、ふいに、高西が顔をうつむける。あまりに感情が高ぶりすぎたためだろう、高西の目には涙が滲んでいた。

だっ、と高西が駆け出し、フロアを飛び出していく。おろおろと社員たちがそれを見守る中、勇もまた、それを追って走り出した。

階段を数階ぶん降りたところの自動販売機の前。そこで高西は、握った拳で何度も何度も、自動販売機を殴りつけていた。

「高西、やめろって、拳痛める、拳痛めるから！」

まるでボクサー相手みたいな文句を言いながら、高西を後ろから羽交い締めしにかかる。何しろ相手のガタイがいいので、これは重労働だった。

「だって、あいつ、変更があったのに俺に言わなかったりとか……」

しばらくして落ち着いた高西は、ぼそぼそと、抱えていた不満を口にし始める。

「そりゃ、困るけど、うっかりすることだってあるやろ」

なだめたり、すかしたりしながら、勇は高西の言いぶんを聞いた。

僕、なんだか小学校の先生みたいや。

まだ涙の止まらない高西を見ながらそう思う。まるで、高西は人が違ったみたいだ。勇の思っていた以上に、彼には慣れない仕事のストレスが溜まっていたらしかった。

あいつも、こんな感じだったかなぁ。

勇は、祐一郎のことを思い浮かべる。一緒にカレー屋に行ったのは、もう二カ月ほど前になるか。あの時、祐一郎もこんな顔をしていたのかもしれないが、よく思い出せない。きっと、まわりに見えているよりずっと、仕事の重圧や自分の能力に悩んでいる奴はいっぱいいるのだ。ただ、目の前の道をひたすらに、まっすぐに走ってきたみたいな勇にも、ようやっとそのことがわかる気がした。

高西の件を報告された榎本は、プログラマーとしてはまだしも、プランナーは向かないかもしれないという勇の意見を聞いて、それならそれでしょうがない、というようなことを言った。会社に残ってプログラムだけやるのでもいいし、もし彼が望むなら辞めたっていいと、榎本はそう考えているらしい。

あんな言い方しなくてもいいのに、とは桐野の言で、勇から見ても、その言いようは少し突き放した物言いに聞こえる。

でも、あれはあれで、榎本くんの優しさなんかなぁ。

無理に続けるよりは、という、それも気遣いなのかもしれないと、自転車を漕ぎながら、ぼんやりと考える。

相変わらず忙しい日が続いているが、今日は三十分ほど、撮影と撮影の間に空き時間があった。勇はその空き時間に、現場と現場を行き来するためにスタッフルームに置いてあった自転車を借りて、街中を走っている。頬にあたる風が、妙に気持ちが良かった。

祐一郎は、まだ戻っていない。ガウディをもっと見たいと堤のところへ連絡を寄越し、スペインに滞在を続けているらしい。

人通りの少ない道を選びながら、漕ぐ、漕ぐ、漕ぐ。自転車に乗って眺める街は、視点が高いせいか、いつもと違って見えた。

それでも僕は、一緒にやろうよって、もう一度言ってやりたい。

榎本流の優しさは、やっぱりまだ勇にはしっくりこない。できるなら、立ち止まる彼らの手を引いてやりたいと、勇は思う。

その日、一日の撮影を終えた勇は、夜中、会社を訪れた。

ネガをチェックする作業を続けるうち、残って作業をしていた社員たちは一人、また一人と帰っていく。最後には、勇だけが会社に残された。

「あっ、うーん、これは撮り直しかなぁ……」

会社に一人になると、不思議と独り言が増える。勇はぶつぶつ言いながら、今日撮影された膨大なネガを、なんとかチェックし終えた。

よし、帰ろう。

そう思って、自分のデスクに戻り、パソコンの電源を落とそうとする。そこで、ふと、勇は手を止めた。吸い寄せられるように椅子に座り、パソコンをいじり始める。

主人公の一人、ケイスケが、公園のトイレに寄るシーンがある。

八人物語の中に、勇は、中学校時代のことを思い出して、そんなシーンを入れていた。ケイスケがトイレに行くと、手洗い場の蛇口からは全部、コックが失われていて、手が洗えない。

勇はその部分のプログラムをいじり出した。

手を洗えずに、まいったなぁとケイスケがぼやいている、そのシーンで三十分放置すると、選択肢が現れる。トイレを後にするか、周りを探索してみるか。辺りを探すことを選ぶと、一つだけ、残されたコックが見つかり、ケイスケは手を洗うことができる。

こんな、仕様にないシーンの写真なんか撮っていないから、背景は真っ黒だ。

そして、ケイスケは手を洗いながら考えるのだ。

世界にはたくさんの人が今日も生きていて、もし自分がこのコックを持ち去ったら、次に来る誰かは手を洗うことができないし、置いていけば洗うことができる。

自分の知らないところで、僕に腹を立てている奴もいれば、思わぬところで喜んでくれる奴もいる。

性に合っているとか、合わないとか、才能があるとか、ないとか、あるのかもしれない。でも、もしまだ、自分の中にやりたい気持ちがあるのなら、やってみてほしい。

世界のどこかには、きっとそれを喜んでくれる人がいる。

数は少なくても、たった一人でも、誰かが喜んでくれるなら、それをやる価値は、十分にある。

勇は、そうケイスケに独白させた。独白を終えたケイスケは、トイレを出て、ゲームの本来の流れへ戻っていく。

一人でも喜んでくれればいいなんて、自分もゲームプランナー失格かもしれないと思いながら、勇は今度こそパソコンの電源を落とす。

空はもう白み始めていて、今日の撮影には、寝ずに行かなければならないが、気持ちはすっきりとしていた。


一カ月に渡る撮影が終わり、勇たちには日常が戻ってきた。出来上がった写真のデータを組み込み、ひたすら、シナリオどおりに分岐や演出を組み込んでいく。

榎本が勇を呼び出したのは、そんな時だった。

「失礼します」

社長室に入ると榎本は難しい顔をしていて、一目で勇にも楽しい話題じゃなさそうだとわかる。

「これ……牧谷くんのプログラムだよね」

榎本が自分のパソコンの画面を指差した。勇がのぞき込むと、そこに映し出されているのは、確かにあの夜、勇が書き換えたプログラムだ。

当然といえば、当然だった。

未だにプログラマーたちが頻繁にプログラムをいじっている、開発の只中で、妙なものが紛れ込んでいるのに気づかないはずがない。そして、プログラムには書き方にクセが出る。他の誰かならいざ知らず、最初に堤と一緒に勇にプログラムを教えた榎本が見れば、それを書いたのが誰かなんて、丸わかりだっただろう。

「そうです」

神妙に、勇は答えた。

「どうしてこんなこと」

榎本が、深くため息をついた。

どうしてと言われると、どうしてだか、勇にも説明しようがない。どうしても書かねばならないと思ったのだとも、めまぐるしい撮影の日々でどうかしていたのだとも言えるだろう。

榎本は、デスクの上で手を組んで、勇を見つめた。

「残念だけど……これのことは、もうスタッフの間で話題になっちゃってるし、僕としてもうやむやにするわけにはいかない」

「はい」

どくどくと大きく脈打つ心臓とは裏腹に、勇の頭は冷静で落ち着いている。自分のことよりも、榎本に申し訳なかったな、と思った。こういう時、社長というのは損な役回りだ。

「いまのプロジェクトがもう少し落ち着いたところで……辞めてもらうことになると思うから、そのつもりで」

「はい。……ごめんな、榎本くん」

勇が言うと、榎本はもう一つため息をついた。

「それは神田くんに言ったほうがいいと思うよ」

めずらしく、榎本の声色が怒っている。

あちゃー、そこまでお見通しかぁ。

これはかなり恥ずかしいぞ、とズレたことを考える。そして、祐一郎へのメッセージのために、自分がクビになってるんじゃあ、確かに祐一郎も怒るだろうな、と思った。

泥のような眠りの中に、勇は深く沈んでいる。

幸せな気持ちの時も、落ち込んでいる時も、見るのがいい夢でも、悪夢でも、とにかく、布団に入ればすぐに寝つくことができる。仕事が忙しい時、限られた時間で睡眠を取らなければいけないゲームクリエイターという仕事に、この点においては間違いなく、勇は向いていると言えた。

その勇の眠りを、妨げるものがある。うるさいなぁ、嫌だなぁと、ほんのちょっとだけ覚醒しかけた頭で思う。心地よいまどろみの中、だんだんとそれが、電話の呼び出し音だとわかってきた。

仕事の電話かもしれん。出なきゃいかん。

そう思って、まだ半分くらい眠りの世界にある頭を、無理やり枕から上げる。這いずるように布団から抜け出して、電話のところへ行った。

仕事をクビになった後、榎本はプラグドワールドや、その他、付き合いのあるゲーム会社にあちこち連絡をして、フリーランスになった勇に仕事を回してもらえるよう、頼み込んでくれていた。

『マキポン、出るのが遅えよ』

受話器を取るなり、そう言ったのは堤だ。

「あれぇ、堤くん」

『ったく、仕事クビになったからって腑抜けやがって。シャキッとしろ、シャキッと』

そう言われるが、別に仕事をクビになったせいではない。ただ、まだ寝ぼけているだけなのだが、時計を見ると時刻はもう昼の十二時になろうとしているので、それを正直に言うのは、はばかられた。とりあえず、うん、と返事をする。

『あのなぁ、昨日、ユッチーから手紙が届いてな』

「えっ、祐一郎から」

『今日、スペインから帰ってくるってさ』

「ほんとに」

こうしてはいられない。ぶん殴りに行かなくては。

「成田、成田に行かないと。何時に帰ってくるって？」

『落ち着けって。時間までは書いてなかったけど、あいつ、手紙と一緒に退職届を送って寄越してさ』

聞いた途端、頭にかぁっと血が上った。

「僕、行ってくるわ！」

堤に告げて電話を切ると、財布だけ引っ掴んで、勇は部屋を飛び出した。通りに出て、タクシーを捕まえる。

「成田まで、急いで！」

「成田空港ですか？」

「そう、早く！」

タクシーの運転手を急かしに急かして、空港へ向かってもらう。高速道路を走る速度ですらもどかしく、急いで、急いでという勇に、運転手は迷惑そうな顔をした。

国際線の到着ターミナルまで送り届けてもらい、タクシーを降りる。空港のスタッフに場所を聞きながら、乗客の出てくる出口にたどり着いた。

あいつ、もう着いたんやろか。

時間がわからないのでは、なんとも判断のしようがない。出口からは、ぱらぱらとまばらに人が出てきたり、時々、どっとまとめて出てきたりした。懸命に視線をめぐらせるが、探す顔は出てこない。外国語で歓迎の文句や待ち人の名前を書いたカードを持って、勇と一緒に人探しをしていた人々が、一人、また一人と相手を見つけて去っていく。だが、勇は一時間経っても、二時間経っても、ずっとそこに立っていた。

さすがに足が痛くなってきた夕方頃、勇は、祐一郎に似た顔を見つける。だが、祐一郎にしては、顔も腕も日に焼けている。

あれ、と勇が思っていると、あっちも、あれ、という顔をした。

「祐一郎！」

ずいぶん日に焼けてはいるが、祐一郎だ。

そうわかると、勇は駆け寄って、握った拳を祐一郎の頬に叩きつける。パシンと、思いのほか軽めの音がした。人を殴るなんて初めてのことだが、どうも、角度がうまくなかったのと、振りかぶり方が足りなかったらしい。

「なにするんや！」

それでも十分に痛かったらしく、祐一郎は声を荒げた。

「こっちのセリフや！　退職届なんか出して、このアホ！」

勇は腹の底から怒鳴り返す。長時間、祐一郎を待って疲弊していた体に、またふつふつと怒りが湧き上がってきた。

すると、祐一郎は丈夫そうな革靴で、思い切り勇の脛を蹴り飛ばしてくる。痛い。

「そっちこそアホか！　なんで自分がクビになっとるんや！」

「痛い！　殴ってきた相手に、殴り返さずに蹴る奴があるか！」

「こちとら、荷物で両手ふさがってるんや！」

祐一郎が叫び返してきたところで、ざわ、と周りが騒がしくなった。

「あーあ、警備の人、来ちゃったやん。逃げるぞ」

祐一郎に言われてあたりを見ると、確かに、制服を着た警備員がこっちに向かってくる姿がある。祐一郎は勇の返事を待たず、大きなスーツケースをゴロゴロ言わせ、肩に大きなショルダーバッグも背負って、よたよたと走り始めた。

仕方がないので、勇も小走りでついていく。外に出て、バス待ちやタクシー待ちの人々に紛れてしまうと、警備員はもう追ってこなかった。

「あのなぁ、榎本くんがわざわざ、友達の住所調べて、俺んとこに開発中のロム送ってくれたんや」

立ち止まって、荒い息をしながら、祐一郎は言う。

「開発中のロム？」

「八人物語。ケイスケの独白があるバージョン」

そんな話、榎本から聞かされていない。あのプログラムはバグとして早々に削除されたはずなのに、榎本は手元に残していたのだ。

「俺な、なんか、いろいろどうでも良くなって、なんかもう逆に楽しくなってきて、スペインの面白いもん全部見てやろうと思って、あっちで毎日、遊び歩いててな」

祐一郎は、空港の広く張り出した屋根の先に広がる空を見ながら、そう話し始めた。

「最後の一カ月くらいは毎日グエル公園散歩してたわ。グエル公園知ってるか。ガウディのさ、こう、青とか緑とか、もうとにかく、ばーっとモザイクタイルの、柱とかベンチとか全部曲線の、えらい公園やねん」

「うん」

勇は、相槌を打つ。

「そこ散歩しながら、これ、もう目眩の世界やな、って。カイヨワの四つの遊びの要素って、目眩ってこういうことかなって。俺がずっとゲーム業界にいたら、いつかそんな、目眩のゲームとかもつくれるんかなって思ったりして」

「うん」

話す祐一郎からは、最後に会った時のような、あの危なげな感じがしない。そう思いながら、勇は大人しく話を聞いている。

「そこに榎本くんからロムが届いてなぁ。いやー、タイミングばっちりだったわ。やっぱり、まだやってみたいなって、ゲームもうちょっとつくってみようと思ったから、帰ってきた」

祐一郎の話の締めくくりに、勇は驚きの声をあげた。

「えっ」

「えっ、俺なんか変なこと言った？」

勇の驚きに、祐一郎も驚く。

「だって、じゃあなんで堤くんのとこに退職届なんか送ってきたんや」

その件があったから、てっきり、だから会社を辞めるというところに話が帰結していくのだと思って、勇は話を聞いていたのだ。

「……もしかして、堤くんから聞いてない？　俺、渡そうと思って持って行った退職届、真っ二つに破いて送ったんだけど」

言われて思い返してみれば、堤の話の途中で、電話を切って部屋を飛び出してきたような気がする。勇は、はー、と大きく息をついた。

「なんや、まぎらわしい」

勇が文句を言うと、キザなことをしたのが恥ずかしいのか、祐一郎はへらへらと笑う。

夕暮れ時の空は、薄い青からだんだんと紺色に染まり始めていた。二人はとにかく家に帰ろうと、タクシーの列に向かって歩いていく。

「俺、新作のゲームぜんぜんやってないわ。おすすめある？」

「ある。うちに寄って遊んでく？」

「ええな。ビール買うて帰ろ」

その夜、二人は午前三時までかかって、世界を救った。

酒が入って上機嫌になり、エンドロールのファンファーレと一緒に大声で笑っていたら、隣の部屋から静かにしろと怒声が飛んできて、慌てて口をつぐんで顔を見合わせる。

十六ビットのファンファーレだけが、陽気に鳴り響いていた。


渋谷の洒落たイタリア料理の店で予約してある旨を告げると、カウンターやテーブル席の並ぶ空間とは分厚い扉で仕切られた、個室の席に案内された。

「おっ、きたか、マキマキ」

まず声をあげたのは、堤だ。

「牧谷くん、ビールでいいよね」

すかさずオーダーを通してくれるのは、榎本。

「遅いわ。なにしてたん」

そして、最後に文句を言って寄越したのが、祐一郎だった。

「ごめん、ごめん。ちょっとデバッグがてら隣の駅から歩いてきたら、思ったより時間かかって」

勇はそう言いながら、ソファ席に座る。

「デバッグって、例のやつ？　位置情報の？」

「そうそう、これなんやけど」

聞いてきた榎本に、持って歩いていたスマートフォンを手渡すと、へぇ、と興味深げにいじりだす。

五十歳を過ぎた勇は、いまもフリーランスであちこちのゲーム会社に顔を出している。目下開発中なのが、位置情報を使った、実際に街を歩くことで遊ぶスマートフォンゲームなのだった。

「マッキーって、昔からあちこち歩き回るの好きだもんな」

どこへでも、バイクと車で移動する堤が笑って言う。

だが、昔から変わらないのはお互い様で、そう言う堤は、社長がすっかり板についたいまでも、新しいプログラミング言語をきちんとマスターし、仕事に生かしているようだった。

「勇にぴったりやなぁ、これは。高西くん、がんばってる？」

榎本から回ってきた勇のスマホを触りながら、昔、よくラーメン屋めぐりやら、カレー屋めぐりやらにつき合っていた祐一郎が、納得したようにうなずき、そう言う。

高西は、あちこちのゲーム会社を転々としながらも、なんだかんだと、ゲーム業界に残っていた。いまは、勇が位置情報ゲームをつくるのに協力している会社で、プログラマーをしている。

「堤くんたちは、ＶＲのゲームどうなったの」

榎本が聞くと、堤は肩をすくめた。

「やってる、やってる。こいつが張り切っちゃってさぁ」

「だって、とうとう、ゲームの世界に目眩の遊びがやってきたんや。絶対、面白くなるわ」

祐一郎は堤の会社で、いまでもプログラムをメインにやっている。毎日、ゲーム関連の書籍とネットニュースを大量に読み漁る、博覧強記型の仕事のやり方は、ここにいる誰とも違うスタイルだ。

「いいなぁ。僕も久しぶりにどっぷり現場仕事したいなぁ。牧谷くん、手が足りてなかったりしない？」

「榎本くんが来たら、スタッフがみんな恐縮しちゃうよ」

榎本の言葉に、勇は笑いながら首を振った。

当時、いち早くゲーム会社を立ち上げた天才プログラマー、榎本英治の名前は、一種の伝説めいたものになっている。社長職を退き、会長となって現場を退いたいまでも、インターネットでその名前を検索しようとすれば、天才というワードがサジェスチョンに上がってくるぐらいだ。

「でも、今度ちょっとテストプレイ頼んでいい？」

断りつつも、ちゃっかり、勇はそんなことを頼んでみる。いいよ、と榎本は快くうなずいてくれた。

その時、個室のドアが開き、店員が勇のぶんのビールを運んでくる。四人はそれぞれのジョッキを持ち上げ、声をそろえた。

「乾杯！」

グラスに口をつけると、苦味となんともいえない刺激が喉を滑り落ちていく。

変わったことも、変わらないこともたくさんあるが、みんなで飲む酒の旨さは、いまも昔と変わらないものの一つだった。

ゲーム業界 就職活動ガイド

山川沙登美

私がゲーム業界を志して就職活動をしたのはおよそ十年前、就職氷河期が少し中弛みした頃のことである。なんだよ大昔じゃないかと思われるかもしれないが、あの頃、先輩諸氏から受けたアドバイスが、私にもちょうど骨身に沁みてきたところなので、まあ聞いていただきたい。加えて、つい最近、私自身も転職活動をしたところなので、そのあたりの体験もお伝えできたらと思う。

出鼻を挫くようで申し訳ないが、ゲーム会社に入りたいと思った時、とにかく言われるのは、ゲーム業界への道は狭き門であるということ、そして結局手っ取り早いのはコネである、ということだ。

小説の主人公、勇はトントン拍子にゲーム業界に潜り込んでいくが、モデルとさせていただいた麻野さんの就職活動はもちろんあんなに簡単ではないし、いまの就職活動もああはいかない。

思うに、門が狭いという言い方には複数の意味合いが込められている。

一つは、有名パブリッシャーなどに入りたいと思った時に要求される学歴水準の高さだ。ゲームをつくるのはもちろんのこと、出来上がったゲームの発売元として、パッケージをつくったり、広告を打ったり、小売店に営業をしたりもするパブリッシャーには、有名企業が多い。そうなると、有名大学からの志望者が多いので、要求される学歴水準も高くなる。

とはいえ、パブリッシャーから依頼を受けてゲームの開発を担うデベロッパーはその限りではないし、いまはソーシャルゲーム、ネイティブアプリの会社も増えた。

私が就職活動をしたおよそ十年前、ゲームは斜陽の産業だと言われたものである。少子化に伴って、子供のおもちゃであるゲームは業界規模を縮小していくだろうと考えられていた。いまそう言われて、読者の皆さんはピンと来るだろうか？　通勤電車では大人たちがネイティブアプリに勤しんでいる。「グランブルーファンタジー」は登録者数二千三百万人、「Fate/Grand Order」は千五百万人を超えた（このうち何回かは私のリセマラぶんがカウントされているわけだが）。

ゲームが子供のおもちゃだった時代は終わり、ソーシャルゲーム、ネイティブアプリは大きく業界を引っ張っていく存在になった。斜陽どころか、ゲーム業界は活気づいている。どうしてもコンシューマーの有名パブリッシャーに入りたいということでなければ、以前に比べて間口はずいぶん広くなったと言えるだろう。

問題はむしろ、新卒で採用してくれる会社がそれほど多くはないところにある。

すでに就職活動を始めている人ならば、気になるゲーム会社のホームページに行き、採用情報のページを見てみたものの中途採用の募集しかされておらず、そっとページを閉じた……という経験がある人もいるのではないだろうか。なにぶん忙しい業界なので、新人を育てている余裕はないけど人は足りない、中途で即戦力が欲しいという会社が多いのだ。

新卒採用をしてくれる会社の、ちょうど希望職種の募集が出ているタイミングに巡り合い、ちょうどその会社がその時に求めている人物像にマッチして、初めて内定の可能性が出てくる。この種々の条件が、どうしても、狭き門をつくり上げてしまうのだ。

そして、そこで出てくるのが、結局コネを探すのが手っ取り早いという、冒頭に述べた意見なのである。

一つ弁明しておくが、ゲーム会社側からしても新卒採用はなかなか難しいところがあって、プログラマーやグラフィッカーならある程度、作品やスキルを見て適性を判断できるものの、プランナーその他の職種は人柄や会社のカラーに合うかなど、フィーリングに依る判断がどうしても大きくなってくる。

以前、私が勤めていた中堅程度のゲーム会社でデバッグのバイトとして女性を一人採用したことがあった。きちんと会社のえらい人たちが面接して採用し、おそらく順調にいけば契約社員、正社員としての登用もあっただろう。ところが、彼女は数日会社に来たものの、何日めかの朝、会社にやってこなかったのである。欠勤の連絡も何もない。次の日も、その次の日も彼女はやってこず、みんな、彼女はもうバイトに来ないのだなと理解した。よほどデバッグが辛かったのだろうか、他のスタッフから少し離れた壁際の席が嫌だったんじゃないか、それにしても辞めると一言くらい連絡をくれればいいのにと、社内ではちらほら話題になったものだが、さらに驚いたことに、一週間の無断欠勤の後、彼女は突然、また会社にやってきたのである。特に無断欠勤について弁明するでもなく、ごく普通にやってきて席に着き、一週間前に指示された仕事を再開したので、私たちは度肝を抜かれたものだ。いつ会社に来るかわからない人だと、こちらとしてもどの作業を任せるかどうか予定が立てられないから、と課長さんが丁寧に諭して解雇を伝えるのを横目に見ながら、採用に関わったことのない私も、採用って大変なんだなぁと思ったものである。

もちろんこれは、八年間勤めた中でも一回しかお目にかかっていないびっくり事例だが、実際にこういうことがあるのを考えると、きちんと続けてくれる人、会社のカラーに合う人をなんとか採用したいという会社側の切実さもご理解いただけると思う。そうした時に、社員本人やその知人からの紹介があって、人柄はいいよ、と一言でも添えられていれば、会社にとってもやはり安心感があるというものだ。

そういうわけで、通常の就職活動と並行して、コネなんてズルいという気持ちを捨て去って、一度本気でコネを探してみてほしい。

親兄弟、親戚はもちろん、学校の先輩にゲーム業界に行った人はいないだろうか？　直接その先輩と面識はなくとも、先生を通してなんとか連絡をとってもらうこともできるかもしれない。

そして、紹介者本人の勤めている会社でなくとも、その友人や元同僚の勤めている会社の中にフィーリングの合いそうな会社はないだろうか。ゲーム会社は転職者の多い業界なので、十年もゲーム業界にいるような人だと、かつての同僚があちこちの会社に散らばっているという例は少なくない。だから、ちょっと気がひけるかもしれないが、お友達の会社で新卒を採ってくれそうなところはありませんかと、聞いてみるのも手だ。紹介者との関係が遠くなるとあまりコネの効力はないかもしれないが、それでも徒手空拳で挑むより、この会社がいい会社だと聞いたので応募しましたと面接で言えるほうがずっといい。

少し具体例を紹介すると、まず、私自身がコネでゲーム業界に入っている。私の父は作家であるが、マンガや小説原作のゲームがつくられる関係で、出版業界とゲーム業界には多少の関わりがある。そこで、父の知り合いの編集者さんに紹介してもらって、ゲーム会社でデバッグのバイトをさせてもらうことになったのが、大学三年生の時だった。いま思えば、ずいぶんまわりに迷惑をかけたものであるが、おかげで良い会社に出会えたと、本当にありがたく思っている。デバッグのバイトをさせてもらううちに、ここなら自分のやりたいことに携われると感じた私は、卒業後もプランナーとして雇ってもらえるようお願いし、社員にしてもらった。バイト、あるいはインターンシップから始めるのはとても有効な方法のひとつだと思う。

その後、会社ではいま、シナリオの書けるプランナーを欲しがっているという話を小耳にはさんだ私は、高校時代の文芸部の後輩を紹介させてもらい、彼女もバイトを経て同じゲーム会社に就職している。これも、コネに当たるだろう。ここまでのコネの連鎖はもしかするとめずらしいかもしれないが、とにかく私が伝えたいのは、少し遠くても転がっているコネは利用させてもらえということ、直接的に就職につながらなくても、バイトとして入れれば望みがあるということだ。

ゲーム業界の人は、自分自身も苦労してゲーム業界に入った人、そうでなくても、人を喜ばせることが好きな人が多い。もし少しでもコネがあって、自分がいかにゲーム業界に入りたいか伝えることができれば、きっと親身に力になってくれるだろう。

さて、ここでそろそろ、コネがあればこんな苦労してねぇんだ馬鹿野郎、という声が聞こえてきそうである。ごもっともである。自分自身がコネ入社であると白状した舌の根も乾かぬうちで心苦しいが、正攻法での就職活動についても、考えてみたいと思う。大丈夫、転職活動にあたっては私もノーコネクションの正攻法でがんばってきたので、安心してほしい。

すでに述べたように、ゲーム会社の新卒採用は探すのが大変だ。新卒向けの就活サイトで検索してみても、高学歴の人しか採用してくれなさそうな大手企業の募集しかなかったり、希望の職種の募集がなかったり……。ああした就活サイトに求人を出すと会社側がお金を払わなければならないので、まとめて新卒を採る予定でもなければ、求人を出しづらいのである。

たいていのゲーム会社はホームページを持っていて、採用情報のページがあるので、そこから応募するほうが現実的かもしれない。自分の遊んでいるゲームの開発会社、ゲーム雑誌で見かけたゲーム会社、片っぱしからホームページを訪れてみて、採用情報をチェックするところから始めてはどうだろう。探してみると、ネット上で、ゲーム会社のリストをまとめてくれているサイトなどもあるようだ。

泥臭いが、ここはもう仕方がない。もしゲーム業界志望の友達がいれば結託して、お互いの知っているゲーム会社と募集職種のリストを共有するといいかもしれない。自分にとっては、ここのつくっているゲームは好みじゃないなんてゲーム会社でも、友達にはピンと来る可能性だってある。

さて、就活セミナーに顔を出している人なら、数十社に応募して、書類選考を通るのはごく一部、最終的に内定に漕ぎつけることができるのは数社だなんて話を聞いているかもしれない。細かい数字は私にはわからないが、悲しいかな、とにかく膨大な企業に応募して、膨大な企業に蹴られるのが就職活動なのである。

地道な検索の末に探し出した求人の中から、これはと思うものに応募しなければならないのだが、あまり厳選しすぎて応募数が減るのは好ましくない。応募する企業は、レンジを広く持ってほしい。

レンジを広く持つポイントはいくつかある。

まず一つは、つくっているものの好みが自分と合わないからといって、すぐに候補から外してしまうのは早計だということだ。ゲーム会社のホームページに行くとたいてい開発実績としてそれまでに開発したゲームが載っていて、それは就活生にとってその会社が自分のつくりたいようなゲームをつくっているかの重要な判断材料になることと思う。会社の側としても、自社でつくっているようなゲームを好んで遊ぶ人のほうが、もちろん採用しやすい。

でも、ゲームの好きな人ならば、振り返ってみると意外といろいろなジャンルのゲームを遊んだ経験があることに気づくのではないだろうか？　RPGが一番好きだけど、そういえばあれはアクションRPGでアクション要素もあったな、とか。子供の頃、あのレースゲームは遊んだな、とか。忘れてたけど、自分の遊んだあのゲームはこの会社のつくるジャンルと近いぞ、というものがあるかもしれない。そして、思い返してみて、ああいうゲームをつくるのも悪くないなと思えるなら、十分、応募してみる価値はある。

正直なところ、私がデバッグのバイトを始めた時、その会社は子供向けやファミリー向け、ミニゲーム集みたいなものの開発が多い会社で、普段自分が遊ぶゲームの傾向とは少し違うので、そのままその会社に就職するとは思っていなかった。ところが仕事をしてみると、これがけっこう、楽しい。ゲームというものは、そもそもユーザーが楽しめるようにつくっているのだから、多少好みのジャンルが違ったって楽しめるものだ。いまではあまり遊ばなくなってしまっていても、子供向けのゲームはもちろんそれで遊んで育ってきたから、まったく勝手がわからないわけでもない。そして、文章を書くのが好きだった私は、長編のストーリーがあるようなゲームでなくても、ミニゲームに付随するちょっとしたセリフを書いたりとか、ユーザーにわかりやすく遊び方を解説する文章を書くとか、そういうところでも自分の特技は活かせそうだと思い、そのまま就職させてもらったわけだ。

結果、子供向けのゲームには子供向けのゲームならではの、企画やシナリオのコツみたいなものがあって、いい勉強になったし、面白い仕事もできたなぁと思っている。

自分自身がいろいろなジャンルのゲームの開発会社に挑戦するのはいいけど、どうせ会社側が採用してくれないでしょ、と考える人もいるかもしれない。確かに、同じくらい有望な応募者がいて、一方が自社ゲームのファンなら、そちらを採用するだろう。だが、同じくらい有望な競争者が存在しない場合だってありうるのだ。

加えて、会社側がどんな人材を欲しているのか、求人を見ただけではわからない部分が必ずある。もちろん、面接に際してはその会社がどんな人物を求めているのか、求人情報やホームページから企業研究し、自分がどうそれに応えられるのか、どうアピールすればうまくいくのか、よく考えて臨むのは必要なことだ。でも、求人には特に書いてないけど、シナリオも書ける人だとありがたいとか、今後女児向けのタイトルが増えそうだから女性を増やしたいとか、求人情報として表には出てこない部分に、うまく自分がマッチする可能性だってある。だから、自分で無理だと判断してしまわずに、試しに応募してみるようにしてほしい。

もっと言うと、一次面接は会社見学の代わりだとでも思って、働けるかどうかちょっと迷うような会社でも、書類選考にはどんどん書類を送ればよろしい。

就活中、あまりそういう気分にはなれないかもしれないが、就活生だって、会社を選ぶ側なのである。求人情報からは、勤務形態や福利厚生の情報はわかっても、わからない部分はたくさんある。

会社の雰囲気はどうか？　建物や設備はきれいか？　社員の人柄は良さそうか？　つくっているものとフィーリングが合うかどうかと同じくらい、長く働く上でこれらは重要な要素になってくる。しかしながら、大手パブリッシャーでもなければ、説明会をやっている会社はあまりない。

もし幸いにも書類選考に通ったら、しっかりと企業研究し、この会社のここに共感できる、ここは自分の能力が活かせるというところを意地でも探し出し、絶対にここで働きたいという強い意思で面接に臨む一方、心のどこかは説明会がわりに会社の様子を見てやろうと思って、気楽に構える。無茶を言っているのは私もわかっている。

でも、とても大事なことなので、面接の行われる部屋に案内される道すがら、少しまわりの様子に気を配ってみてほしい。受付の人の対応は感じが良かったか。すれ違う社員たちと気が合いそうか。社員たちのやりとりは和やかそうか。そして、面接が終わって帰る時には、面接官がどんな人だったか思い返してみる。人事の人が面接してくれることもあるだろうが、ゲーム業界は現場の、もし入社したら直接的に上司になるような人が面接してくれる場合も多いからだ。

そうして会社を実際に訪れてみると、求人情報やホームページだけではわからなかった会社の空気感がわかってくる。あれ、私、この会社でけっこうがんばれるかも、という会社も出てくるだろう。

書類選考前に、この会社は合わないかもしれない、興味はあるけどどうせ雇ってもらえないだろうと思って諦めてしまわずに、書類選考に通れば会社の様子を見に行けてラッキー、くらいの気持ちで、まずは応募してみる。これが、応募のレンジを広げる二つ目のコツだと思う。

そして三つ目は、職種を広く視野に入れることだ。ゲーム会社で募集が多いのはクリエイター職であるが、それ以外の職種も存在する。

たとえば、営業。私の友人はあるパブリッシャーで、小売店に自社のゲームを入荷してもらうための営業や、販促グッズの制作発注なんかをやっている。それに、広報。各種雑誌の取材に対応したり、ゲームショウのようなイベント出展にまつわるあれこれの業務をこなしたりする。自分自身の就活当時、クリエイター職しか考えていなかった私は、友人たちの話を聞いて、そういうポジションもあるのかと、目の開ける思いだった。クリエイター職に負けず劣らず大変な仕事らしいのだが、やりがいはあると思うので、視野に入れてみてほしい。残念ながらクリエイター職よりもむしろ募集が少ないと思うので、視野に入れたところで劇的に応募の幅が広がるとはいかないかもしれないが、募集を見かけたら検討してみる価値があるだろう。

さて、ここまで、いかに応募レンジを広げるかということをつらつら書いてきた。少しは、応募できそうな会社が増えただろうか？　だめ？　まだ十社くらいしかない？　では、がんばって三年働けそうな会社に応募すると考えたら、どうだろう。二年なら、一年なら、働けそうな会社の幅は広がるのではないだろうか。

もちろん会社としては採用するからには長く働いてほしいし、最初から長く働ける会社にめぐり合えるに越したことはない。しかしながら、ゲーム業界は転職の多い業界だ。試しに入ってみて、長く続けられれば良し、そうでなければ転職を視野に入れるのも一つの手だ。

そういうわけで、最初の就職に四苦八苦しているのにいまから転職の話なんてと思われるかもしれないが、転職についても少し話をさせてもらいたいと思う。これが視野に入っているのといないのとでは、おそらく就職活動のやり方も変わってくる。

ここまでも何度か、ゲーム業界は転職の多い業界だと書いた。私の身のまわりの局地的な数字で申し訳ないが、三十代、二十代後半の友人たちを見ると、ざっくり七割くらいが転職経験者だというと、少しイメージが伝わるだろうか。もともと転職の多い業界であるのに加え、若い世代になるとさらに流動性が高いように思う。

転職の理由は、さまざまなものが考えられる。上司とソリが合わなかった、給料が少なかった、サービス残業が多すぎる、などなど……ネガティブな理由がまず思い浮かぶだろうし、実際、そういう理由での転職は多い。若い業界だからだと思うが、コンプライアンスが甘かったり、ゲームの仕事がしたいという気持ちにつけ込んで過重労働を求めてきたりする会社は確かにある。そういう会社にうっかり入ってしまった時は、遠慮することはない、さっさと辞めるべきである。元より楽な業界ではないのは事実だが、そうひどい会社ばかりではないので、腰を落ち着けられる会社は必ず見つかる。

また、ゲーム業界の転職はネガティブな理由ばかりではない。我々は、サラリーマンではあるがクリエイターだ。新しい分野にチャレンジしたい、今度はこんなゲームもつくってみたい。勤めているうちに、思っていたのとは違う方向に興味が向いていくこともある。そういう時、いまいる会社で実現できればいいが、そうでなかった場合、やはり転職が視野に入ってくる。いまだと、コンシューマーからソーシャルゲーム、ネイティブアプリに移っていく人が多いのである。

私も、八年勤めた会社を辞めた後、小説を書くとうそぶきながら三年ほどのんびりしたのだが、またゲーム業界に戻ろうと思った時、いままでの経験を活かしつつ新しいことにも挑戦したいという行動指針で動いた。他の業界のことはちょっとわからないが、三十歳を過ぎてもまだ新しい楽しみがある、なかなか面白い業界である。

ここでもう一度思い出してほしいのが、私が骨身に沁みてきたといった二つの文句、ゲーム業界への道は狭き門であるということと、結局コネが強いという、あれである。新卒での就活の時にも嫌というほど納得したが、転職を試みると、これが改めて実感されてくる。

うれしいことに、転職に際して、狭き門はその姿を変える。新卒の時に比べれば、かなり、門が広い。

新卒のとき、中途の応募しか受け付けておらず、門前払いを食ったあの会社にも、あの会社にも、応募資格があるのである。新卒のための就活サイトには求人を出していない会社が、転職サイトには求人を出していたりする。

そして、ゲーム業界に入って数年ではそうはいかないと思うが、私ぐらい長くいると、友人や、転職していった元同僚があちこちのゲーム会社にいて、ありがたいことに声をかけてくれることもある。転職考えてるの？　うちの会社にくる？　と、こんな具合である。そう、転職に際してもやっぱりコネは強い。このエッセイを書くにあたって、まず友人たちにリサーチがてら就活と転職の経緯を訪ねた時、コネだね……私もコネだな……転職もコネだったわ……と答えが返ってきたので、どう書き始めたものか悩んだぐらいである。

また、最近だと転職エージェントのサービスが増え、ＩＴ業界やゲーム業界に特化したところも出てきた。

もしかすると就活生はあまりエージェントサービスと言われてもピンとこないかもしれない。求職者がサービスに登録すると、エージェントから連絡が来て、面談をしてくれる。いままでどんな仕事をしてきて、どんなスキルがあるのか。どうして転職したいのか。どんな仕事を探しているのか。あれこれヒアリングした上で、合いそうな求人を紹介してくれ、応募したいものがあれば、書類の応募から面接の日程決めまで、全部エージェントが会社との間に入って取り持ってくれる。内定が決まったら、会社からエージェントサービスにお金が支払われるシステムで、求職者は無料でサービスを受けることができる。

コネで友達に引っ張ってもらったのでなければ、私のまわりでは、こういうサービスを利用して転職活動をした人が多いようだ。

ちょっと、イメージが湧きづらくなってきたかもしれないので、具体的な転職歴をいくつかご紹介したい。

まず私自身である。すでにいくらか述べたが、私は大学三年生のとき、コネを頼ってコンシューマー系のゲーム会社でデバッグのアルバイトを始めるところから、ゲーム業界に入った。そのまま社員にしてもらい、その会社に八年ほど勤めたが、転職者の多い業界で考えれば、結構長いほうだろう。しばらくは小説を書こうと思って会社を辞め、三年ほどふらふらした後、転職エージェントを頼って、今度はネイティブアプリの会社にシナリオディレクターとして再就職した。プランナーからシナリオディレクターに転向したこと、途中にブランクがある点は、すこし他の人とは違う転職歴かもしれない。

それから、私の友人の中から、面白い転職歴を持っている人を二人、紹介してみたい。

一人目は、プランナーの魔女さんである。彼女自身は明るく行動的でまさにプランナー向きの人物だが、すぐ毒物辞典とか黒魔術辞典みたいなものに興味を示すので魔女と呼ばれている。

彼女は最初、ゲーム業界とは全然関係ない会社で、事務の仕事をしていた。が、会社の都合で、ある日突然、仕事を辞めざるを得なくなってしまうのである。

そこで魔女さんは、地域に特化した求人情報誌を手にとった。駅とかのラックに無料で置かれていて、パートやバイトを中心に求人情報が載っかっている、あれである。その中に彼女は、ゲーム会社でのバイトの求人を発見するのだ。

そう、いきなりイレギュラーなのだが、就活サイトからの応募でも、会社のホームページからの応募でも、コネでもなく、バイト情報誌から、彼女はゲーム業界に飛び込んでいくのである。この話を聞いた時、ゲーム会社の求人情報を探すのに苦労した友人諸氏は驚いて聞き返したものである。

ほんとに？　バイト情報誌で見つけたの？　そんなところにゲーム会社の求人って載ってるの？

載っていたのである。魔女さん自身も驚いたそうだが、行動的な彼女らしく、面白そうだからここは一つ応募してみよう、と考えた。

そうしてバイトとしてデバッグやシナリオライターを経験した彼女は、そのままその会社にプランナーとして就職し、数年間、その会社で働くのである。

しかしながら、バイトから契約社員への登用はすんなりいったものの、いろいろな都合があって、正社員への登用はなかなか叶わなかった。

その頃、ちょうど、緩やかに進んでいたゲーム業界の変化が、実を結び始めた時期だったのではないかと、いまになると思う。私が新卒で就職活動した時には iPhone が出たばかりで、私たち就活生には、ソーシャルゲームの会社はあまり安定していなさそうだし、コンシューマーの会社に入りたいよね、なんて人が多かった。でも、魔女さんがプランナーとして数年の経験を積んだその頃、ソーシャルゲーム、ネイティブアプリの会社はますます増え、そうした会社の若さを不安視する声はどんどん小さくなっていく、そういう時期だった。

そんな中で、面白そうなことにはなんでもアンテナを張って、ソーシャルゲームもよく遊んでいた魔女さんは、転職エージェントを通してソーシャルゲームの会社へ転職を決めた。正社員として採ってくれるのも良かったし、周りから見ても、コンシューマーよりもフットワークが軽く、ダイレクトにユーザーの反応が返ってくるソーシャルゲームの世界は、彼女にはよく合いそうに見えた。

とはいえ、コンシューマーだ、ソーシャルだ、ネイティブだと言うけれど、周りを見るに、これらの転職の垣根はさほど高くないようだ。コンシューマーからソーシャルに移って活躍している人は、私のまわりでもよく見かける。

魔女さんも、新しい会社でバリバリ働いた。幸い、かなり網羅的にプランナーとしての経験を積んでいた彼女は、転職でも有利だったし、実際に転職後も即戦力として活躍できた。

ところが、である。なんと転職先の会社が、ゲームづくりとは関係ないところで失敗して、社員をリストラせざるを得ない状況になってしまうのだ。いまだから笑い話にできるが、劇的すぎて本当に気の毒である。

そんな魔女さんに、救いの手を差し伸べる人物があった。仕事でつき合いのあった会社の社長さんで、魔女さんなら、面接なしで入れてあげるよ、という。

コネというか、これまた少しイレギュラーな感じだが、スカウトされたと言ってもいいだろう。

そうして彼女は、やっぱりソーシャルゲームの、たびたびランキングに入ってくるようなタイトルをつくっている会社で、いまもプランナーとして活躍している。新しい会社らしく、ちょっと変わった福利厚生があったりして、面白いもの好き、新しいもの好きの彼女にはぴったりだ。やはりプランナーの友人を、うちにおいでよと誘って入社させ、部署は違うものの一緒に夕飯に行ったりもしているらしい。とても楽しそうである。

これほどドラマに満ちた転職歴を持っている人を私は他に知らないが、一回、二回程度の転職歴を持っている人はそうめずらしくもない。少しは、転職が多いというゲーム業界の空気感を感じてもらえただろうか?

二人目に紹介する彼女は、転職回数こそ一回なのだが、その内容が面白い。私の高校時代の後輩なのだが、高校時代に名づけたもののちっとも定着しなかった、隊長のあだ名で呼ばせてもらおう。

隊長は、やっぱり面白いことが好きで一緒にいると楽しくなる、人好きのする女性である。そのせいか、あちこちに謎の人脈を持っている。

最初、隊長が就職したのは、とあるベンチャーの広告代理店で、宣伝の展開やイベントの企画、提案、実施まで幅広い業務を担当した。クライアントのみならず、さまざまな職業、肩書きの人々とも関わる、華のある仕事だ。

そしていろいろなクライアントを担当した中で、偶然、彼女の好きなゲームのパブリッシャーを担当することになった。彼女は楽しんでこの仕事に携わり、クライアントの会社に常駐して仕事をした時期もあったりと、同業者に比べてかなり密にクライアントと関わったようだ。

だが彼女はしばらくすると、所属会社でこれからできる仕事と自分のやりたい仕事にずれを感じ始める。今後のキャリアについて考えるようになり、ちょうど転職活動を開始してすぐ、前述のパブリッシャーで、彼女のクライアントとなっていた部署から採用面接のオファーが入った。隊長はこの話を受け、前職でのスキルを活かしつつ、宣伝担当のポジションで他業種からゲーム業界に入ってくるのである。

社内外の人々と折衝するこのポジションは、人好きのする彼女にとって天職といえるかもしれない。おそらくいまも多忙を極め、国内でも海外でも引っ張りだこになっているはずで、クリエイター職とは別の方面で花形の仕事といえるだろう。

他にも、やはりクライアントからのスカウトで開発会社からパブリッシャーに転職したプランナー、会社を辞めてフリーで稼いでいるグラフィッカー、グラフィッカーに転向するため勉強中のプログラマーなどなど、みんながみんな、面白い経歴を持っているのでご紹介したいところだが、このくらいにしておこう。

これらの転職の話を通して就活生の皆さんに了解しておいていただきたいのは、必ずしも、一生務めるつもりで応募企業を選ばなくてもいいということだ。もちろん、一度も転職せずに、勤め続けることができる人もいる。長く続くのは、とてもいいことだ。

しかし、大仰に考えて足を止めてしまうよりは、もし内定をもらえたら、まず一、二年からがんばってみようとでも思って、どんどん応募してみてほしい。何年か経験を積み、スキルを身につけることができれば、ご紹介したとおり、ゲーム業界に入ってから新しい道が開ける例は、たくさんある。

そして、もし、万が一、どうしてもゲーム業界の内定が取れなかった場合。内定はとれなかったけど、どうしてもゲーム業界を諦めきれない場合は、他業種に就職して、そこから転職でゲーム業界を目指す道もある。隊長の例のように華々しいのは稀だと思うが、転職エージェントの求人を見てみると、他業種から未経験での転職も可という求人はちらほらある。特にプログラマーやグラフィッカーの場合、他業種ではあってもプログラミング、デザインの経験を積んできたのであれば、転職はしやすいだろう。プランナーであっても、社会人としての基本的なスキルを身につけ、ゲーム業界で働きたいという熱意を伝えることができれば、転職の可能性は十分ある。

私が就職活動をした時、少子化する社会の中で、ゲーム業界は斜陽産業なのではないかと心配する声が少なからずあった。きっといま、そんな心配をする人のほうが少ないだろう。ゲームは、まだまだ面白いことができる。

そのあたりは麻野さんに語っていただいたほうが百倍も千倍も参考になるので麻野さんのエッセイを読んでいただくとして、ゲーム業界に出戻った身として私からは最後に一言だけお伝えさせてもらいたい。

ゲーム業界、面白いので、ぜひお越しください。

解説　麻野一哉

[1] ゲーム世界の地図

ゲームというものをユーザーの目線から見ると、どんなジャンルで、どう面白いのかというのが焦点になりがちだが、今回は、あえてゲームの発信者側から見たゲーム世界について述べてみたい。その場合、ジャンルの差以上に、家庭用ゲームとスマホゲームの違いが、大きくクローズアップされてくる。

〈スマホゲームの台頭〉

スマホゲームの日本での市場規模は、すでに家庭用ゲームの5倍（2018年）までになっている。家庭用ゲームが売れなくなってきているわけではない。スマホゲームの勢いが圧倒的すぎるのだ。両者は同じゲームでもまったく違う。家庭用ゲームはゲームそのものを売り、スマホゲームは「ゲーム体験」を売っている。無料でも遊べるが、長く遊びたいとか、便利に遊びたいということにお金が発生する。この違いが、ゲームをつくる側の、意識や仕事の仕方、ビジネスモデルというものを大きく変えた。中でも、運営とマネタイズという概念は、過去には存在しなかったものだが、現在はとても重要なものとなっている。

〈昔のゲーム開発〉

かつて、家庭用ゲームの開発は、つくったらそれでおしまいだった。たとえば、麻野は「ドラクエ3」の開発末期にチュンソフトという会社に入ったが、その頃は連日徹夜、ただただ睡眠がほしい、というような状況下、みんなヘトヘトになってバグをつぶしていた。プログラマーがイスで寝落ちしつつも、コントローラーを握りしめ離さなかった。そんな姿が勇者と呼ばれたこともあった。目を覚ました勇者は、顔も洗わず、またキーボードに向かい、プログラムを続けるのだ。しかし、そんな苦しい生活も、ある日終わりを告げる。延ばしに延ばした締切が、限度を迎えるのだ。バグがすべて消えているとは限らない。しかし、これ以上続けると発売が延期になる。ユーザーだけでなく問屋や小売店にも迷惑がかかる。少々のバグには目をつぶるか、それとも延期するか。判断を迫られたプロデューサーは両者を天秤にかけ、開発の終了を宣言するのだ。

その後は、マスター（最終版）を工場へ送り、商品を量産するのだが、こうなるとプログラマーにできることは何もない。いきなり仕事終了。解散だ。ドラクエ3のときは、そこから2、3カ月会社が休みになった。「あー、これで帰れる」、「寝るぞー！」と言いながら、散っていったプログラマーの姿を、麻野は忘れない。開放感しかなかった。休みが終わって、戻ってきたスタッフが行なうのは、次回作、「ドラクエ4」の準備だった。新たな気持ちで仕事が始まる……とまあ、家庭用ゲームの時代は、こんな感じだった。しかし、現在のスマホゲームだとそうはいかない。むしろマスターを仕上げてからが本番となる。

家庭用のゲームは「発売」といったが、スマホゲームは「リリース」という。基本無料なので発売という言葉がそぐわないのだろう。工場での生産などないから、完成、即、リリースだ。そして、そこから「運営」が始まる。

〈運営〉

運営というのは、大雑把に言うと、ゲームがリリースされた後の、イベントやデータの追加、修正のことを言う。

では、なぜ運営するか？ それは、この時点で開発側には、一銭も収入がないからだ。家庭用ゲームの場合、問屋との契約が終わり、商品を納入した段階で、ある程度の収入がある。黒字か赤字かはわからない。人気作だと、最初からたくさん問屋が買ってくれるので黒字だし、問屋側に不安があるソフトの場合は、その時点では赤字だ。その後、がんばって宣伝などして売らなければいけない。しかし、なんにせよ、いくらかは収入があり、開発費の何割かは回収している。しかし、スマホゲームの場合、リリース直後は完全に収入ゼロ。赤字しかない。

「ゲームの運営は、店舗運営に似てる」という。ラーメン屋にしろ、花屋にしろ、開店したその時点は、まだ収入はない。そこから営業をしないといけない。少なくとも開店費用と日々の回転費用を稼がないとつぶれてしまう。そのために大切なことは、まずは二つ。お客さんの数を増やすことと、払ってもらう金額を増やすことだ。これは、リアル店舗とまったく同じ。ゲームがリアル店舗と違うところは、すべてのお客さんがお金を払ってくれるわけではないことだ。リアル店舗のお客さんが、お金を払わないことはありえないが、ゲームの場合、それが前提のビジネスモデルになっている。ゲームというより、デジタル系のサービスの特徴かもしれない。クラウドに画像データを保管するサービスなどでも、基本無料で増量するとお金を払うシステムだが、それに近い。

だから、スマホゲームの場合、やるべきは、「まずはお客さんを増やす」。次に、「お金を払ってくれるお客さんを増やす」。最後に、「払ってもらう金額を増やす」。この3点が重要になる。こんなこと、家庭用ゲームをつくっているときには、まったく考えもしなかった。ただただ、面白いゲームをつくることに専念していて、面白ければたくさん売れるだろうと、素朴に考えていたのだ。思えば、牧歌的な時代だった。ちなみに、お客さんがお金を払うことを、通常、「課金する」という。本来は、会社側が「お金」を「課す」ので、お客さんからすると「課金されている」ことになる。だから、正確には「払金している」のだが、「ふっきん」などという日常語はないので、「課金する」と言っているのだろう。

最初の、「お客さんを増やす」ためには広告宣伝が必要になる。もちろん、ゲームそのものが面白ければ、お客さん自身がまわりに広めてくれたりする。これは、家庭用ゲームでもあまり変わらない。次の、「お金を払ってくれるお客さんを増やす」と「金額を増やす」は、スマホゲーム特有のビジネスで、ここで、「マネタイズ」というものが重要になってくる。

〈マネタイズ〉

マネタイズの例を挙げる。麻野も関わっている、「ドラゴンクエスト　モンスターパレード」。このゲームは、モンスターを仲間にできるのだが、それぞれ確率があって、強いモンスターはなかなか仲間にならない。しかし、「肉」というアイテムを購入してモンスターに与えると、機嫌が良くなり、確率が上がる仕組みになっている。ユーザーとしては、気に入ったモンスターは是非とも仲間にしたいから、「肉」が欲しくなる。あくまでも確率なので、肉がなくてもいつかは仲間になる。だから、無料でも遊べる。しかし、手っ取り早く仲間にしたい人はお金を払う。そういうビジネスモデルなのだ。これは、ライブなどでS席はA席B席より値段が高いことに似ている。得られる体験はそう変わらないが、より納得のいく体験を得るためにお金を払うのだ。

マネタイズの方法は他にもいろいろある。「クラッシュ・オブ・クラン」のように、施設を育てるスピードを早くする「時短型」。目当てのモンスターやキャラの引き当てるまで、ガチャを回させる「ガチャ」。「ポケモンGO」の孵卵器のように、モンスターやアイテムを保管しておく場所を増やす「スロット型」など。

ゲームのシステムというのは千差万別だから、それに合わせてマネタイズも異なる。昔、麻野が昔つくったパッケージゲームに、「トルネコの大冒険」というゲームがあった。これは、ダンジョンをどんどんもぐっていくRPGなのだが、主人公が死ぬと、どんなにゲームが進んでいても振り出しに戻されて、アイテムは没収、レベルも1になる。そういう超絶厳しいゲームだったが、中毒性が強く、ファンも多かった。もし、このゲームをネットで課金型にするなら、チャンスは死ぬ寸前である。ダンジョンを15階くらいまでもぐったところで、モンスターに囲まれ、あと一撃で殺されるというその時、「かなしばりの巻物」でまわりのすべてのモンスターの動きを止められたらどうだろうか? リーズナブルな金額なら課金に応じてくれるかもしれない。あるいは、基本的には20個しかアイテムを持てないルールだったが、30個持てるようになる「スロット型」の課金もアリかもしれない。

現実問題として課金をする人の数はとても少ない。大雑把に言って8割の人は無料で遊び続け、課金をするのは残りの2割の人だ。これは一度でも課金したことのある人の割合で、コンスタントに課金する人の割合はもっと少なく1割を切る。

ゲームを遊ぶ側からすると、課金せずにどこまで遊べるかというのが、すでに一種のゲームになっていたりもする。また、一度課金してしまうと歯止めが効かなくなることへの恐れを持つ人も多い。とくにガチャ型の課金はギャンブル性が高く、この傾向が高い。それ以外にも個人的に面白いと思っているのは、一種の価値観、倫理観の差が課金するしないに表れることだ。

ゲームというのはネガティブに捉えられやすい。勉強の邪魔とかムダなものとして「ゲーム＝悪」、あるいはそこまでいかなくても「ゲーム＝やらないほうがいいもの」くらいの位置に置かれやすい。その観点から見ると、どうしてもやってしまうのはまだ許すとしても、そんなものにお金を払うなんて愚者のふるまいであり、むしろ罪となる。せめて、無料の範囲内で遊ぶのが最低限の善行、となるのだ。

しかし、商品という観点で言うと、その人たちはスーパーなどの試食品は食べるがモノは買わない人と同義である。店側が試食品を提供しているのは気に入ったら買ってくれることをあてにしているからで、ほとんどの人はそれを理解している。だから買う気がなければ食べないし、食べたら少なくとも何回かに一回は購入する。もし毎日、試食品だけを食べに店に来る人がいたらほとんどの人は顔をしかめるだろう。非常識だと。しかし、ゲームの場合はそんな人が8割だ。

本やＣＤなどに比べて、物として残らないというのも課金を嫌がる心理につながる。ゲームの場合、購入するのはデータだ。物であればずっと残るが、デジタルデータはゲームの運営が終わると何も残らない。しかし考えてみたら、そもそも趣味というのはそういうものではないのか、という反論もできる。旅行やスポーツなど過程を楽しむものはたいていそうで、終わった後は何も残らない。残るのは楽しかった思い出だけで、それはゲームも同じだ。いやいや写真やお土産が残るという人もいるかもしれないが、写真であればゲームでも残せるし、関連グッズはお土産のようなものだ。

個人的には、大勢の人が適度な金額で長く遊んでくれることで、ゲーム運営が続くのが理想だと思っている。そういう課金システムで遊べるゲームをつくりたい。となると、月額定額制というのが一番いいのではと、思いかけている。

〈世界と日本〉

「家庭用ゲームはスマホゲームに圧倒されている」と冒頭に書いたが、これは主に日本での話で、たとえばアメリカではＰＳ４などの家庭用ゲームもいまだにとても売れている。スマホゲームがこれほど圧倒しているのは、日本などアジアでの特徴なのだ。いままでのゲームの過去を振り返ると、だいたい日本が先行していて世界が後追いになっていた。これからもそれが続くとは限らないが、今後、もしアメリカでスマホゲームがもっと伸びてくるのだとしたら、日本はやはり先行していたということになる。だとすると、いま、運営やマネタイズで試行錯誤しているのもいずれ世界を舞台にしたときに役に立つのかもしれない。

面白いことに、同じアジアといっても日本と中国では課金に対する考え方がかなり異なる。たとえば日本ではお金を払って強くなる、ランキング上位にいくということを隠す。自慢にならないのだ。無課金や少ない額でうまくなることのほうが価値が高い。しかし、中国だと高課金者が素直に称賛される。「こんなに金かけて強くなったオレ、すごいだろ！」が認められるのだ。だから、同じゲームを運営するのでも、国外だとマネタイズの方法を変える必要がある。

もちろん、それ以前に国よってウケるゲームがまったく違うという現実もある。たとえば日本のゲームやアニメだと、たいてい10代の少年が主人公だが、海外では中年のおっさんが多い。「ウィッチャー3」にいたっては老人だ。日本の絵はかわいくて萌えるが、アメリカでは写実的な絵柄がウケる。ＦＰＳと呼ばれる銃を撃つゲームはアメリカではウケるが、日本ではマニアにしかウケない。そう思っていると、日本の陰陽師をテーマにしたゲームを中国の会社がつくり、それが日本で売れるという面白い現象もある。また、ゼルダはそれほど写実的ではないが海外でも高い評価を受けている。一筋縄ではいかない。

少し前までは、日本やアメリカがゲーム開発の主体だった。そんな時期が長かった。しかし、ここ10年ほどで北欧や韓国中国といったアジア圏もすごい勢いで伸びてきている。
かつて、ソ連からテトリスがやってきたとき「そうか！　アメリカ人は『ポン』をつくり日本人は『スペースインベーダー』をつくったが、ソ連は『テトリス』か！」と、とても感心した覚えがある。それぞれがとても個性的だと感じたのだ。そういった、地域によるゲームの多様性が今後ますます増えてくることを、開発者としてだけでなく一人のユーザーとしても、とても楽しみにしている。

［2］ゲーム世界の未来予想

ゲームの未来を考えるとき、麻野が思うことがいくつかある。

〈大規模化〉

初代ドラクエの容量は64ＫＢで、「ドラクエ11」の容量は30ＧＢ。35年でざっと50万倍にふえた。初代は5千円で買えて20時間遊べたので、もし容量の差がそのまま比例すると「ドラクエ11」は25億円で1千万時間遊べることになるが、当然ながらそんなバカなことにはなっていない。データはどんどん安くなり、そのほとんどは画像データになるからだ。

いま、世界で売れているゲームは「Call of Duty」「Grand Theft Auto V」「Fall

out」といった映像がバリバリ美しいゲームだが、こういったゲームはスタッフロールが半端なく長い。麻野は「アサシンクリード」のスタッフロールが20分たっても終わらないのでそのまま買い物に行き1時間ほどして帰って来て、まだ続いていたので驚いたことがある。この膨大なスタッフはなんだろうか？　実はほぼ画像制作者である。「アサシンクリード」や「Grand Theft Auto V」などは町そのものをつくる。中世のローマやロサンゼルスのような町を建物1軒1軒まで詳細に表現してある。ユーザーは路地やハイウェイをその町に本当にいるかのように歩き、ドライブできる。少し考えればわかるがとてつもない作業量である。一人のグラフィックデザイナーにかかる費用が仮に年間５００万円だったとしよう。10人雇ったら5千万円。2年で1億円だ。しかし中世ローマの町並みを再現するのに、10人のグラフィックデザイナーが2年でできるわけがない。ケタが違う。こういったゲームは２００億円とか３００億円という開発費がかかっている。よく、巨大な費用がかかることを「ハリウッド級の制作費」という言い方をするが、「パイレーツ・オブ・カリビアン」が３５０億円だからハリウッド映画を超えるゲームもザラにあるのだ。

町をまるごと再現する。開発者は数百人から数千人。３００億円という規模。これはもう、麻野のようなファミコン時代の開発者にとってはゲーム制作とは思えない。一種の建築である。「街」というゲームが過去に麻野の手がけた最も大きいプロジェクトだが、ゲーム側のスタッフは数十人。撮影側は役者とスタッフ合わせて数百人。当時としてはこれでも大人数で、正直途方にくれる思いだったがなんとかハンドリングした。良くも悪くも当時のゲームのつくり方は手づくりだった。少しつくってみる。遊んでみて面白ければよし。ダメだったらやり直す。その繰り返しで開発が進む。しかし何千人のスタッフとなるとこのやり方は許されない。1日無駄になると数千人日分のロスが出る。日当が1万円だとすると数千万円だ。このことがゲームのつくり方を大きく変えた。会社の形も変えた。

かつてスクウェアとエニックスは別の会社だったが、いまは合併してスクウェア・エニックスという単独の会社になっている。バンダイとナムコも同様だ。会社が合併することにはさまざまな理由があろうが、もっとも大きいのは開発費の高騰だ。小さな会社では何百億もの資金を用意できない。規模を大きくしないと生き残れないのだ。

そしてこれを突き詰めると世界マーケットに行きつく。日本だけを相手にしていると規模の経済で負けてしまうのだ。日本の人口は約1億人。国民全員がユーザーとなっても1億が限界である。かたやアメリカは約3億人。英語圏ということになるとイギリスやオーストラリアもある。インドを含めると何十億人だ。カプコンは「バイオハザード」や「モンスターハンター」など、世界を意識してゲームを開発している。こうしないと大規模な開発ができないからだ。

今後、個々のゲーム会社はより巨大になるだろう。国の間での合併も進むかもしれない。自動車産業のように。そして何千億円の資金で、何千人何万人の開発者が建築のような方法でゲームをつくっていくのだろう。ユーザーの立場からすると、より美麗で広い世界を遊べるならばこんな嬉しいことはない。その反面、一人の開発者としては素直に喜べない部分もある。新しいことにチャレンジがしづらくなるからだ。

最近、というかここ10年ほどナンバリングタイトルのついた続編のゲームが多いと、皆さんお気づきだと思う。これは、人気があるから続編をつくるというのもあるが、新しいチャレンジがしづらくなっているせい、というのもある。昔だったら数千万円や数億円でゲームがつくれた。この程度の金額であれば、もし失敗しても取り返しがつく。しかし、数十億数百億だと失敗は倒産を意味する。かくして、手がたく確実に成功させるため既存タイトルがシリーズ化されることになる。これは企業にとっては安定をもたらすが、新しいチャレンジがしづらくなることでもあり、開発者にとっての悩みどころとなっている。

〈VR〉

この本を手にとってくれるような方なら、おそらくVRをご存知だと思う。ゴーグルのようなディスプレイを装着して広い視野の画像に囲まれるため、驚くほどの没入感が得られる。

「高層ビルから突き出した板の先で鳴いている子猫を助ける」というVRを友人と体験

したことがある。現実には床に置かれた板の上を歩くだけなのだが、ゴーグルをかぶると高さ何百メートルという世界が足元に広がる。恐ろしくて歩けない。かといってまわりの友人が見ている前で放棄もできない。困った麻野は卑怯にも目をつぶって子猫を助けた。目をつぶってしまえば単なる床の上の板だ。怖くもなんともない。しかし、VR世界の中の人間としては怖くて体が動かないのだ。この体験は強烈だった。

これを一度体験するとVRでゲームがつくってみたくなる。そんなゲーム業界人は多い。実際、「バイオハザード」や、「スカイリム」などいくつかのVRゲームが発売されている。ただ、評判は決して悪くないが、まだメインストリームにはなれないでいる。原因はいくつかある。一つはゴーグルが重いことだ。首が疲れて長時間遊んでいられない。次に車酔い。目に見えている世界と三半規管が感じる世界がずれてしまい、車酔いを起こしてしまうのだ。また、VRの文法がまだわかってないということもある。どういうことか？　話をわかりやすくするために、映画の黎明期を例に挙げる。

映画が発明されたとき、当時の人はこの技術をどう使ったらいいのか、イマイチよくわかっていなかった。そのため最初は舞台演劇を正面から写したりした。アップもなければカットもない。ただ客席から見る視点で演劇を記録したのだ。当時はそれでも価値があったのだろう。名舞台をいつでも見返すことができたのだから。しかし、やがて映画は独自の文法を見つけ出す。カットを割ることを覚え、アップや引き、俯瞰などさまざまな技法を編み出した。トーキーが始まると舞台ほどの距離がないため、日常と同じような自然な発話も可能となった。

これと同じことがVRにも言える。いまのVRはまだ舞台を正面から撮影している映画の段階だ。すでにあるゲームをゴーグルで体験できるようにしただけで、実力を100%引き出せていない。たとえば、VRの特徴に、「見えない領域」がある。基本、映画もゲームもすべて目の前で何かが起こる。当たり前だ。後ろで何かが起こってもわかりようがない。しかしVRはカメラの向きが自分の行動に委ねられている。いま起きている事件が視線の先にあるとは限らない。背後や頭上、足元で何かが起こるかもしれないのだ。これはいままでのメディアと大きく異なる特徴だ。こういう特徴を活かした表現方法を「文法」と呼んでいるのだが、これはまだまだ試行錯誤しないといけないし、すぐには生まれないだろう。しかし、この「文法」をうまく活かせたとき、VRでの体験はいま以上のものになるに違いない。

では、今後VRは普及するのだろうか？　それを考えたときもっとも大きなハードルが市場の大きさだ。簡単に言うとゴーグルをどれだけのユーザーが買ってくれるかにかかっている。

VRの本質は、「その世界の中にいる感覚」だ。ということは、昨今のオープンワールド系のゲームの開発以上につくり込みが必要になる。開発の方向はより一層建築的なものになり、大資本が必要になる。しかし大資本をかけるには、大市場という前提が必須だ。何億人何十億人という大市場があるからこそ何百億もの資本も投入できるからだ。だが現在のＶＲ市場はそこまで大きくない。正直に言うと、とても小さい。

大きくなれていない理由はいくつかあるが、最も大きいのはタイトルが少ないことだろう。ゲーム機の成功は「本体が売れる」→「タイトルが増える」→「ますます本体が売れる」という好循環にあるが、好循環を起こす起爆剤がいまのところない。となると「スカイリム」などのようにすでにあるゲームの移植しかやりようがない。これだと予算が低くてもつくれるからだ。しかし移植だと、没入感はすごいかもしれないが、まだ「ＶＲならでは」の域まで到達していない。となると、ＶＲのゴーグルは売れないとなり、悪循環のままだ。

往々にして、まったく予想もしていないところからブレイクスルーが起きることもある。だからそう悲観的になる必要はないのが、現状を見ているだけだと普及はまだ先になりそうな気がする。個人的にはテレビや映画における３Ｄ技術のようにだけはなってほしくないと願っている。

〈ゲームの意義〉

「なんでゲームをするの？」と聞くと、「ひまつぶし」という答えが返ってくることがある。おそらくゲームをする理由で一番くだらない理由だろうが、そういう側面は確かにある。しかしそれがすべてではない。

過去に流行った「スペースインベーダー」にはまっていた人は、全員ひまをつぶしたくてゲームセンターに行っていたのだろうか？　ひまをつぶすために100円玉を何個も積み上げたのだろうか？「さあ、これから思う存分必死でひまつぶすぞ！」。そんなワケない。「ドラクエ3」を買うために行列をつくった人はそんなにひまがつぶしたかったのだろうか？　有給休暇をとってまでつぶすひまとはなんだろう？　ひまつぶしすぎて徹夜するとはどういうことだろう？　絶対に違う。やりたくてやりたくて仕方がないから、したのだ。少なくとも、その瞬間は最高の娯楽だったのだ。

さて、娯楽より高尚そうなものに「芸術」というものがある。映画だと芸術映画というものがあるがゲームではどうだろうか？　芸術ゲーム。芸術的によくできていると思ったゲームはいくつかある。「ダークソウル」とか「ゼルダの伝説ＢｏＷ」などだ。でもなぜか芸術ゲームと言いにくい雰囲気があるのは単なる偏見だろうか。そうかもしれない。ちなみに映画だと難しくてよくわからないものほど芸術映画と呼ばれる傾向にあるが、ゲームで難しくてよくわからないものはクソゲーと呼ばれる。

以前からまわりの人には言っているのだが、ゲームの場合、どちらかといえば純文学と大衆文学との比喩のほうがふさわしい気がする。純ゲームと大衆ゲーム。芥川賞と直木賞。ＰＳの頃までは純ゲームと大衆ゲームが渾然一体としていた。出すゲームがすべて新しいジャンルといってもいいような状態で、純粋にゲーム性を追求することと大衆ウケする面白さがほぼ同義だった。しかしソーシャルゲームあたりからそれが分かれてきた。コンシューマーのゲームはいまも純ゲーム寄りが多いが、携帯電話やスマホのアプリだと、ゲーム性よりももっと即物的な快感がウケているように思える。これが大衆ゲームだ。大衆ゲームに慣れた人に純ゲームを提示しても、「面倒くさい」「難しい」と評判が悪いことが多い。反面、もともとコンシューマーゲームが好きだった人たちは現在のスマホゲームに不満を持っていることが多く、ゲームユーザーが分離してきている。

また、コンシューマーは純ゲーム寄りと書いたが、あくまでも「寄り」であって、スーファミやＰＳのころに比べるとシリーズものが多く、まったくの新しいジャンルはなかなかない。「塊魂」のようなぶっとんだゲームはほぼ見なくなった。今後は、よりゲーム性を追求したものはインディーズから現れるのではないかと個人的には思っている。

娯楽という側面だけでは語れない「意義」というか、「位置」を獲得しつつあると思うのが最近のネットゲームだ。ＭＭＯなどの場合、そこには一つの「つき合い」が生じてしまい、何年も続けてしまっているという現状がある。もちろん基本は楽しいのだろうが、それだけでは語れない、義務とかつき合いという空気を感じてしまう。また、大量の課金をしたゲームは、その課金ということをしたがゆえに「いまさら離れられない」「もったいない」「他のゲームに移れない」ということもある。この、決してイヤばかりではないが嬉しいばかりでもないという、よくわからない距離感が、10年ほど前のゲームではあまりなかった、ゲームとのつき合い方になっている。コンシューマー機と違って、スマホは肌身離さず四六時中持っている。そういう機器の特性にも影響されているのだろうが。

麻野は4年ほどアナログの地図を塗りながら歩き続けて、それが本当に面白くて、その面白さを大勢の人に味わってほしくて「テクテクテクテク」をつくった。「歩いて地図を塗る」というのはありそうでなくて、我ながらユニークなアイデアだと思ったのだ。そしてつくりながら、このゲームは「行ったところを塗る」ので一種のライフログにもなるな、ということに気づいた。熱狂的にはまるのとは違う、細く息長く味わえる、いわば緑茶のようなゲームにならないかと望んだ。「テクテクテクテク」が、もし麻野の思うような形で定着してくれるなら、ユーザーにとって人生の伴侶のような意義を持ってくれるのではないか。そうなったらいいなと思っている。

あとがき

山形にある芸術大学の講師として講義にいらしていた麻野一哉さんと、ご縁があって同席させていただいたのが、このお話を書くきっかけだった。

お話の冒頭に出てきた水道のコックの話を皮切りに、まあ、出るわ出るわ、面白い話が次々に！

ゲーム業界の末席に身を置く者として、あの「ドラクエ」の、「弟切草」の、そしていまでは「テクテクテクテク」の開発者である麻野さんとお会いすることに緊張していたはずが、あっという間に麻野さんの話の虜になった。

ゲーム開発の話ならもっともっと面白いネタがあると聞いて、じゃあ取材させてくださいとお願いして書かせていただいたのがこのお話である。小説にするにあたってフィクションに落とし込んだが、面白おかしいゲーム開発の雰囲気が皆様に伝わっていたら嬉しい。

貴重で楽しいお話をお聞かせいただき、多大なるご尽力をいただいた麻野一哉氏と、いまでも麻野さんと親交があり、ゲーム業界の一線を走っていらっしゃる大先輩クリエイターの皆様に、深く御礼申し上げます。

そして、読者の皆様へ。ここまでお読みいただき、誠に、ありがとうございました。

山川沙登美

本書はゲーム業界への取材をもとに構成した書き下ろしです。
また、本書の物語はすべてフィクションです。
実在の人物・団体・地名等とは一切関係がありません。

ブックデザイン　Coa Graphics

イラスト　小松聖二

編集協力　野上勇人（CRAZY）

あの日(ひ) 勇者(ゆうしゃ)だった僕(ぼく)らは

2019年3月22日　初版第一刷発行

著者　山川沙登美（やまかわ　さとみ）

発行者　徳山豊

発行　京都造形芸術大学 東北芸術工科大学 出版局 藝術学舎
〒107-0061　東京都港区北青山1-7-15
電話　03-5269-0038　FAX　03-5363-4837

発売　株式会社幻冬舎
〒151-0051　東京都渋谷区千駄ヶ谷4-9-7
電話　03-5411-6222　FAX　03-5411-6233

印刷・製本　株式会社シナノ

価格はカバーに表示してあります。

落丁・乱丁本は購入書店名を明記のうえ、藝術学舎宛にお送りください。
藝術学舎送料負担にてお取り替え致します。

　ISBN 978-4-344-95360-4